U0074778

君偉的機智生活

文 王淑芬　圖 賴馬

目次

人物介紹

張君偉

蟑螂應該是地球上最機智的生物，整個家族才能活那麼久。

張志明

我很機智的知道：再怎麼機智，也騙不了暴龍老師。

楊大宏

《辭典》說：機智就是能隨機應變，還舉例說，機智的人才能死裡逃生。很實在。

我分配打掃工作時，很機智的把張君偉與張志明拆散。

李靜

跟張志明吵架會增加我的機智力，感謝張志明。

管理全班，尤其是張志明，我從來不靠機智。

江美美老師

教這一班，需要的不只是機智，還需要有各種奇蹟。

我沒有機智啦，我只會數錢，也懂吃。

1 天生我材真有用

Q1

如果要票選班長，你會投票給以下哪一位同學？

1. 長得漂亮，但是很愛管人的管家婆陳玟。
2. 長得矮，像個行走的百科全書的楊大宏。
3. 長得高又帥，但總是搗蛋闖禍的張志明。
4. 都不選，投給自己。

楊大宏有一個煩惱，雖然他常常假裝不在意，但是我們都知道他其實非常在意。他看著遠方，淡淡的說：「我有點矮。」不過熱愛閱讀百科全書的「楊百科」，推了推眼鏡又說：「我有定期看醫生，也有吃鈣片與跳繩。」

白忠雄也有一個煩惱，或者說是他媽媽的煩惱。他大口咬著包子，口齒不清的說：「我媽覺得我肚子太大。」

張志明踢踢他又細又長的腿，說：「我的煩惱是半夜得起床，以防因為長太帥被鬼抓走。」

陳玟瞪他一眼，張志明馬上改口：「以防因為長太醜被鬼抓走。」

陳玟一向是張志明的知音，為他解說：「張志明半夜起床是因為功課沒做完，被媽媽叫起來補寫。」然而她也有煩惱，「我的髮色不太均勻，髮尾是淡咖啡色。」

陳玟拉拉髮尾，走到江老師桌子前，問：「老師，每個人天生長相不同，這件事真的很不公平。」她指著白忠雄當例子，「像他，也不想長這麼胖啊。」

白忠雄吃完最後一口包子，吞吞口水，連連點頭，發出抗議：「昨天張志明向我借橡皮擦時，居然叫我雄胖。」

張志明嘻皮笑臉的回話：「難道要叫你白胖、忠胖，還是大胖？」

江老師不高興的說：「長相是遺傳，取笑一個人的長相，等於對他的祖先不敬。」

楊大宏適時補充：「而且人類其實有共同的祖先，甚至二〇〇

三年美國還有份報告，推論臺灣人可能是現今所有人類的共同祖先。」

江老師點點頭：「我讀過這篇報告，純粹是利用電腦統計出來的一個有趣假設，並不是千真萬確的科學事實。」

陳玟有結論：「我們班只有一件千真萬確的事實，就是張志明太瘦。所以他取笑白忠雄，純粹是嫉妒心理。」

陳玟的意思是，人類對跟自己長得不同的人，會加以排斥，覺得不是同類，這叫「物以類聚」；如果是不同類就切八斷，不聚。

「我不同意。」楊大宏反駁，「對於比自己長得好看的人，人類不但不會排斥，還想接近，希望跟他一樣才對。」他說完轉頭看著陳玟，可惜被免費贈送一個大白眼。

江老師想了想，告訴我們：「古人說，天生我材必有用。

我們之前討論過，天生長相無法改變，但可以調整心態，不必為此事整天煩惱。畢竟每個人的長相各有優點，比如高的人可以打籃球。」

張志明馬上說：「矮的人可以打躲避球，好躲。」

江老師不理會張志明，繼續說：「長得瘦的人，可以嚐遍美食。」

「長得胖的人，可以發明減肥藥，得諾貝爾獎。」張志明做出領到沉重獎盃、差點跌倒的模樣。

陳玟高喊：「張志明，你在嘲笑矮胖身材的人真沒用，對不對？你這個瘦皮猴。」

江老師大大的嘆了一口氣，決定改變話題：「天生我材必有用，指的不是身材。」

人的長相可能會影響他的生活，比如禿頭的人就算看到十分可愛的髮夾，也只能含淚或含恨離開。回家後，我把這個想法說給媽媽聽，媽媽也說：「我大學讀過社會心理學，曾經有專家做過研究，發現長得好看的人比較容易得到他人幫助。」

我大叫：「這樣太不公平了。」

不過，爸爸卻說：「這表示好看的人會養成依賴性，逐漸失去解決問題的能力。有一天不好看了，便會被迅速淘汰。很公平！」

媽媽的看法是：「因此不夠好看的人，必須努力靠自己找出路。得到成就以後，根本不會有人在乎他的長相如何。」

媽媽又問我：「你覺得長得好看，以便受到許多幫助好？還是長得不好看，一切靠自己好？」

很難選，我認為各有優缺點。

正好，隔天上國語課時，江老師希望全班練習腦力激盪。

於是，我舉手提出這道關於長相的選擇題，讓大家想一想。

江老師先說自己的經驗：「我小學時長了不少雀斑，被同學取了外號，叫做點點點。不過我好像沒什麼特別的感覺，因為當時只想考試得到好成績，心思都放在課業上。」

陳玟「哇」的一聲大表讚嘆，張志明也「哇」的一聲說：「有特異功能的小孩。」

老師在黑板寫著：「生來好看，受到許多幫助；還是長相不重要，一切靠自己？」

葉佩蓉立刻搖頭：「為什麼只能二選一？民主社會應該要有自由選擇權，我不選。」

江老師笑了：「不選是一種自由，但也代表放棄選擇權喔。」

「老師你好聰明，想騙我上鉤。」葉佩蓉想了三秒，說：「好啦，我選生來好看。」理由是，「長得好看，不但可以感動人，捐很多錢給你，遇到敵人，還可以用燦爛笑容迷倒對方。」據她說，葉媽媽每晚準時收看的韓國戲劇裡，情節都是這樣演的。

楊大宏嘆氣：「戲劇是娛樂，不科學啊。」

江老師也嘆氣：「孩子們，要深度思考，更要獨立思考。電視節目的劇情並非人生指引。」

經過全班舉手表決，班長陳玟在黑板寫下結果：「選長得好看的，二十票。選長相不重要的，五票。」

這五票是：楊大宏、白忠雄、我，以及令人驚訝的陳玟，

與不令人驚訝的張志明。

陳玟的想法是：「不但要長得醜，還要長得極矮，或是極高，這樣就會像古時候的宰相晏嬰，或像美國總統林肯一樣，很有成就。我們到現在還讀著他們的故事，真是萬古流芳，不朽傳奇。」

我忍不住提出困惑：「他們的成就應該跟身材無關吧？」

「張君偉你沒讀過《機智的故事》嗎？書中的晏嬰被笑太矮、林肯被笑太高，但是他們都沒有被擊倒在地，反而正面迎戰、毫不退卻。」

張志明舉手：「我不想聽班長講古老的故事，我可以貢獻比較有現代感的故事。」

當全班準備洗耳恭聽時，張志明開口卻是：「我選長相不重要，是因為我喜歡選跟多數人不一樣的。例如去夜市吃冰，大家都選花生口味的雪花冰，我選的是麻辣鴨血，這樣就不必排隊等很久。」

陳玟嘆氣：「我們正在討論長相，你卻聊美食。而且我覺得鴨血很可怕。」

張志明不滿意的說：「鴨血很溫柔。」

白忠雄拍拍肚子，也有領悟：「醜小鴨長大會變天鵝，等我上了國中就會變形。」但是他瞬間又想起，「低年級時，我看過一本故事書：醜小鴨長大變成醜大鴨。唉！」

楊大宏忽然有新的切入點：「我認為這一題是陷阱題，因為天生的長相無法改變，除非去整容或花錢、花時間打扮。對無法改變的命運熱烈討論，好像沒有多大意義。而且鱷魚再怎麼整形，還是無法變成白天鵝。」

老師笑了：「謝謝你給我靈感。」她在黑板寫下四個字：

「鱷魚效應」。

「如果有人被鱷魚咬住腳，想用手拉開，到頭來，手腳都會被鱷魚全部咬住不放。所以被咬的人，也許應該忍痛放棄腳，保住身體其他部位。」

聽完老師的說明，教室響起一陣陣慘叫：「快打一一九。」、「快止血。」、「離開沼澤區。」、「不要去玩鱷魚！」

只有楊大宏聽懂老師的比喻，點頭說：「沒錯，我們應該忍痛放棄想要變得好看的念頭，把時間與心思用在讓自己變機智。免得到頭來不但長相沒變好，頭腦也沒變好，就雙殺了。」

陳玟好像也同意，罕見的對楊大宏

點點頭。我發現楊大宏的臉紅了。

「美醜是天生的，但美醜也是見仁見智的。像我媽媽很愛小狗，但是我認為小貓比小狗好看一萬倍。」葉佩蓉另外丟出一個新的話題方向。

張志明立刻回應：「小狗明明又可愛又懂事，我丟小球牠都會撿回來。」

江老師連忙說：「狗派與貓派可別吵起來。的確，美醜有時在不同人眼中，有不同見解。」老師又保證，「你們不必擔心，在我眼中，大家都是帶給我歡樂的小孩，連張志明都是我的小天使，因為帶給我許多考驗。我不會在乎你們長得高矮或胖瘦，有沒有雀斑，在我眼中你們都是美麗的天鵝。」

「老師您從小就喜歡考試，我們是最佳組合。」張志明笑咪咪的模仿天鵝湖芭蕾舞的舞姿。

這一道選擇題，我們班沒有最後結論，因為張志明又帶出一個新話題：「鱷魚比較可怕，還是鬼比較可怕？」

陳玟說：「當然是張志明比較可怕。」

君偉的機智想法

長相是天生的，幾乎我們說得出的偉人都不會花很多時間去美容，比如愛迪生如果上臺演講，根本不會有人在意他的臉型與眉型。可是張志明說因為那是偉人，不偉大的人怎麼辦？不過我想，就算一個人長得帥或美，結果一開口便說：「鱷魚有兩對翅膀。」也會被嘲笑。長相與能力，到底哪個比較重要？

一分鐘讀懂「鱷魚效應」

鱷魚效應也稱鱷魚法則（Alligator principle），原本是一種經濟學交易法則。買賣股票的人，主張交易要設「停損點」，必要時候，寧可犧牲目前的小額損失，另做別的安排，不能延誤也不可心存僥倖，以免損失更巨量的錢財。「鱷魚」可以想成所有「會傷害你的人、事、念頭」，提醒我們不要只想護住它、留住它或受它影響，以至於失去更多。

2 我寫故我會

Q2

如果老師讓你自己選擇作業和隨堂測驗的分量，你會怎麼選？

① 不必寫作業，但是每週要針對前一週的課程進行隨堂測驗。

② 每天乖乖寫作業，但是不必進行測驗。

③ 每週只有一天寫作業，但是每隔一週進行一次隨堂測驗。

④ 一切聽老師的。

張志明有一個煩惱：「作業永遠寫不完。」

楊大宏也有一個煩惱：「功課太少，沒辦法增加我的智力指數。」

本班江老師指定的回家作業，不論在數量上或品質上，都很合理，這是我媽媽說的。媽媽還舉證說明：「如果不合理，我會在班級群組裡，或以聯絡簿，不著痕跡、不傷感情的暗示江老師。而且楊大宏的媽媽也必定會早我一步這樣做。」

爸爸瞇著眼，開始遙想當年：「我小學老師出的功課，總是不斷突破她自己的紀錄，寫到半夜都還沒寫完。我常邊哭邊寫，我媽也邊哭邊陪。」

這種童年慘事，白忠雄說起來更壯烈。他瞪大眼睛描述：「我阿公說，小時候他的作業簿，如果寫歪一個字，就會被老師打一下手心。」

楊大宏不相信：「如何定義那個字是歪的？」

「老師說歪的就是歪的。」白忠雄說他阿公每天回家都哭到喉嚨沙啞，因為寫字時，每個字都得用尺量，確定沒寫歪。

「這種都市傳奇，一定是跟老師有仇的人編造的啦。」張志明不相信，並舉出反證，「我阿公說他小學老師很慈祥，有學生功課沒交，他會親自到學生家裡拜訪，還會帶糖果去。」

陳玟立刻搖頭：「你捏造得太誇張了！去家庭訪問幹麼帶糖果？」

張志明辯稱：「是真的，我阿公說那是特殊的寶塔糖，可以治蛔蟲。」

「噁心。」陳玟捏著鼻子離開，還提醒張志明：「明天的小組報告，你負責帶水果剪貼圖來，別忘了。你只有這項功課，別連一件小事都做不好。」

張志明轉頭問我：「君偉，你可以幫我畫五種不同顏色的水果嗎？」

我不同意：「陳玟說得對，找水果圖不必費力氣，為什麼還要拜託我？」

張志明對我做個鬼臉：「小氣鬼！」

上課鐘響，江老師走進教室，站在張志明面前：「你的數學習作呢？」

張志明回答：「我明天一定交。」

「不，請你永遠都不要交。」江老師忽然說出讓全班嚇一跳的話。

「真的嗎？」張志明小聲的問，「這是機智問答嗎？」

江老師微微一笑：「是的，我決定放棄欣賞你作業的機會。」

張志明被嚇壞了，一時竟然無話可說。到了中午吃飯時，他甚至沒跟我交換菜餚，還把他最討厭的青椒全吃光。

午間休息時，趁張志明不在，陳玟對我們說出她的推論：

「老師運用的是苦肉計。」

「激將法才對。」楊大宏推推眼鏡，發表看法。

我想起從前讀過一本書，故事裡的小學生，開了一家公司，幫忙同學做功課。如果真實世界裡有這種公司，張志明就不會有煩惱了。

楊大宏卻說：「你錯了，這樣他的煩惱會更多。他必須賣命工作，才有辦法付錢給這家公司。」

下午第一節課，江老師說上課前，她想講一則小故事。

我有預感，應該跟上午的張志明事件有關；我認為江老師不可能無緣無故放棄張志明。不過，很可惜我猜錯了，因為江老師講的故事是臺灣民間傳奇《賣香屁》，情節既離奇又逗趣，全班都笑開懷。

江老師問：「你們認為這則故事有值得討論的議題嗎？」

張志明把手舉得高高的，江老師好像沒看見，直接點名李靜發言。

作文課時，老師出的題目是「我有一個夢」，並請大家先

說說自己對未來的期望。楊大宏第一個發表：「我有兩個選擇，想當科學家或是哲學家。」

「兩者可以兼顧啊。」老師解釋，「科學與哲學研究都在思考、分辨什麼是真的。」

陳玟說：「我們班有個令人頭痛的學生，也是真的。」這種不明說，但全班都知道是在暗指誰的事，讓張志明很開心，舉手表示：「老師，讓我說，我的夢很好笑喔。」

江老師卻把張志明的手按下，微笑回答：「你不必發言、不必寫作業，這樣太辛苦了。」

我懂了！原來江老師運用了可怕的「忽視法」。

張志明大大的嘆了一口氣：「我被老師放棄了。」

「是你放棄你自己。」陳玟不滿的說。

張志明還不甘心，小聲的為自己陳情：「我雖然沒寫功課，可是我都會啊。會就好，何必還要寫？」

楊大宏問：「你沒寫出來，別人怎麼知道你是真會，還是假會？」

江老師說：「不如，我再說一個故事，是真實事件喔。」

今天江老師成了說故事大王。

「美國有個搶匪，到銀行搶劫時，沒戴面罩也沒任何遮掩。於是他的真面目被監視器完整拍下，警察不到一小時便破案抓到人。」老師說完，張志明忘記他不必發言，馬上接話：「他喝醉了。」

江老師連看都沒看張志明，請白忠雄說說他的意見。白忠雄只有一個想法：「我家有賣附面罩的安全帽，分為全罩式和半罩式。」

陳玟接著說：「我不相信這是真實事件，太詭異了。難道那個搶匪跟朋友打賭輸了，不得不去搶銀行？」

經由老師的說明，我們才恍然大悟，世界上真的會發生令人無法置信的妙事。那個搶匪被抓到時，滿臉驚訝的說：「為什麼你們看得到我的臉？我明明在臉上塗滿檸檬汁。」全班笑得前俯後仰。「用檸檬汁在白紙上寫字，乾了以後字就會隱形。」這是我們在二年級玩過的自然科學實驗，居然有人笨到以為塗在臉上，臉也會隱形？

由於這件搶案太不可思議，引起兩位學者注意，針對這種既可笑又可憐的現象加以研究。他們的研究結果，以兩

人的名字簡寫合稱為「達克效應」，重點是，無知的人，連自己是無知的都不知道。

楊大宏馬上轉頭看張志明：「你連作業都寫不出來，怎麼能確定老師教的你都懂？小心你犯了達克效應。」他還發明一句新諺語：「我不寫，因為我不會。我寫，故我會。」

陳玟加碼指責張志明：「你連掃帚都不拿，怎麼能確定你會掃地？你不會掃地，怎能確定你會掃除心中的愚昧？」

雖然陳玟說得頭頭是道，白忠雄卻大喊：「班長使用了太高級的說法，我聽不懂。但是我沒有假裝懂，我沒有發生達克效應。」

照慣例，張志明想辯解，江老師卻一秒制止：「張志明，你一直忽視我對你的關心，所以我也要忽視你正在舉手。」

張志明嘆氣，為自己喊冤：「我的心很想寫，可是我的手懶得寫啊。」

江老師總算對張志明拾回一點信心，問同學：「你們有沒有好方法，幫助張志明解決這個難題？」她看著張志明，說：

「你可別主張，我不出，你就不必寫，老套了。」

我馬上貢獻自己的絕招：「回家用最快的速度馬上寫完，剩下的時間就可以用來偷懶。」

張志明眼睛一亮：

「不錯，我可以假裝是被外星人綁架，不寫會被電爆。寫完才能回地球。」

「被電爆好血

腥！」陳玟有意見，「我建議採用理性、有智慧的分析法。如果現在懶得寫作業，對功課不熟，自以為已經懂了；結果長大才發現什麼都不懂，被東詐西騙，必須花更多時間補救，於是後悔。小學偷小懶，不等於長大後可以繼續偷懶。」

楊大宏有一個意見：「有東詐西騙這個成語嗎？」

白忠雄說：「可惜我家沒賣幫小孩寫功課的機器人。張志明你自己發明一個吧。」

陳玟反對：「張志明連寫功課這種小事都懶得做了，會日以繼夜、勤奮不懈的發明機器人嗎？」

葉佩蓉則說：「請張媽媽幫忙，把張志明鎖在房裡，功課寫完才放出來。」這個方法全班只有另一個人同意，就是張志明自己。他說：「我家房間的每道門都不能鎖，被我玩壞了。」

江老師問張志明：「你真的認為不寫作業，最好什麼都不必做，就會很快樂嗎？」

張志明不再被老師忽視，馬上恢復元氣回答：「雖然我不是很懂什麼是達克效應，但是直接素顏去搶銀行的確很愚蠢。」

「那不叫素顏！」陳玟大叫，不過她也讚許張志明有改過向善的可能。「我猜那個搶匪一定是小學時，學到檸檬汁可以拿來當隱形墨水，回家就把檸檬汁喝掉，沒有繼續做老師規定的作業，沒在臉上塗塗看會不會隱形。」

江老師說陳玟想像力太豐富，不過這樣的推論還算合理。

最後，張志明表示明天「一定」會交數學習作，他打算使用我傳授的「回家很快寫完」這一招。

江老師對張志明「很快寫完」好像有疑慮。不過，張志明勸她：「老師，您可要想清楚，有寫總比沒寫好。」

君偉的機智想法

如果遇到我不懂的事，一定會趕快去問爸媽或老師，至少楊大宏會幫我查百科全書，我真幸運跟楊大宏同在一班。不懂還裝懂的人，說不定會因為無知而發生尷尬的事，例如，張志明曾驕傲的對我說：「我知道曹操是誰啊，是我們那一里的里長。」結果被陳玟瞪了足足一分鐘。

一分鐘讀懂「達克效應」

達寧・克魯格效應（Dunning-Kruger effect）簡稱為達克效應（DK effect），是一九九九年由美國心理學家達寧（David Dunning）和克魯格（Justin Kruger）共同提出，大意是指能力差的人，卻總是誤以為自己很厲害，自我感覺良好，甚至不知道自己其實什麼都不懂。

寫下你的機智想法：

3 霸凌的難題

Q3

如果在學校，你無意間目睹了一場霸凌事件，你會怎麼做？

① 自己鼓起勇氣，大聲制止霸凌者的行為。

② 呼朋引伴，想辦法幫助被霸凌的同學脫困。

③ 趕快去向老師報告，請老師出面處理。

④ 叫別的同學去處理，免得自己惹上麻煩。

我簡直無法相信自己的眼睛與耳朵！因為剛才和張志明經過走廊時，看見三個六年級男生，圍著隔壁班的副班長，我們還聽見，其中最高的那位男生說：「是你昨天說會帶一百元來的，你現在是想要我們嗎？」

我拉著張志明一起走過去，想了解發生什麼事。我直覺認為這應該不是一件買賣交易。那個低頭一直掏口袋的副班長，會向六年級學長買什麼？

「主任來了！」張志明忽然大叫一聲。

六年級學長抬起頭，瞪我們一眼，迅速走開。被威脅的可憐男生一臉快哭出來的樣子，垂頭喪氣的走進八班教室。張志明大聲說：「我們可以當證人，去向主任報告。」

那位顯然被勒索的副班長，咬著嘴脣不說話。我們一不做二不休，跑進隔壁班，向正在操作電腦的黃老師告狀：「你們班的副班長被六年級霸凌了。」

張志明還故意拍胸脯，裝作驚嚇的樣子：「我認得其中的高個子，是學校籃球校隊，竟敢欺負我們這種老弱婦孺！」

也許無意中扮演英雄角色，讓張志明覺得興奮，竟學起陳玟使用成語。

黃老師皺起眉頭，拉著副班長往教室外走，還回頭向我們道謝：「張君偉、張志明，你們路見不平，出手相助，很勇敢，謝謝。我會好好處理。」

回教室後，張志明用比平常高出三倍的聲音嚷著：「快圍過來，聽我講一個恐怖事件。」

江老師聽完後，眉頭皺了起來，走到講臺前，語氣沉重的說：「我真不敢相信本校也會發生明目張膽的霸凌事件。」

「世風日下、人心不古！」陳玟氣得嗓音都啞了，「而且是被學校選為校隊的球員，虧他還長得很像韓國明星，很帥。真是人不可貌相，氣死我了。」

楊大宏推推眼鏡，也感嘆著：「這些人膽子也太大了，光天化日欺負弱小。但是想想，若霸凌者選在人煙稀少的地方，誰來拯救被害者？」

張志明馬上有點子：「楊大宏你快列出一張人煙稀少的地點清單，請學校派糾察隊員加強巡邏。」

「如果被霸凌，你們知道應該怎麼做嗎？」江老師開始為我們擔心。

楊大宏很理性的主張：「首先，應該先分析霸凌的種類。」

張志明立刻有答案：「陳玟一天到晚以成語逼我交作業，語氣雖然很凶，但這是假的霸凌，她用心良苦。」

陳玟瞪他一眼，說：「霸凌可分為看得見的，與看不見的。比如被勒索，甚至是被打到有傷痕，如果還有目擊證人，就可以去告他，這是看得見的。」

「這一類另有隱藏版！」張志明的英雄氣概不減，繼續滔滔不絕：「有些人明明被霸凌，周圍的人卻假裝沒看見。」

「這個隱藏版還有悲慘版！」葉佩蓉也有想法，「有些被霸凌的人，還被指責：一定是你不對、一定是你有問題。」

這個悲慘版真的好悲慘，連老師都不斷搖頭說：「我懂我懂。有一種心理學的說法，稱為基本歸因偏誤，就是在描述這種狀況。」

老師舉的例子很常見：「比如班上有人考試成績很差，別的同學可能會說：一定是他不努力，或是對考試毫不在意。若是自己考不好，就會說：這次考試題目出得太難，寫考卷時間也太短。」

陳玟點頭：「千錯萬錯，都是別人的錯。但是如果自己也錯了，就趕快想辦法怪罪他人。」

假如那位被霸凌的副班長，回家跟爸爸說，爸爸反而怪他：「你一定是四處炫耀自己有很多零用錢。不是警告你財不露白嗎？」那就悲慘到世界盡頭了。

或者，如果他向老師報告，老師沒有處理加害者，而是反問他：「不是提醒你們不論去哪裡，都要結伴，不能落單嗎？」那就真是悲慘到外太空了。

江老師想起來，勸我們：「盡量不要單獨行動，這也許是個不錯的方法，團結力量大。雖然因為單獨行動或看起來弱小就霸凌對方，也是一種基本歸因偏誤。不過，保護自己，減少遇到霸凌事件的機率，確實是個好方法。」

陳玟馬上補充：「一根筷子易折斷，一把筷子折不斷。」

張志明也補充：「我有個好方法，要隨身帶一個假的手機。」

全班都滿臉疑惑的等著張志明說下去。

張志明解釋：「如果遇到霸凌事件，馬上拿出假手機來拍，假裝留下證據，就能讓對方心生害怕。」這方法很常見啊。但是假手機能拍到什麼？

「因為接下來對方一定會搶你的手機，把它摔到地上踩爛。

不過既然是假手機，被踩壞也不會心痛。」張志明設想十分周到，「你還可以警告對方，手機拍的實況照片，已經同步上傳到雲端。」

老師被逗笑了，說：「沒想到張志明很機智，心思細密。」

她請陳玟繼續報告什麼是「看不見的霸凌」。

「這一類霸凌，很難留下證據，有時根本不會被發現。」陳玟覺得只要被霸凌的人受到傷害，尤其是精神上的傷害，儘管身體沒有受傷，但是心理還是會變得憂鬱，可能也會因此而長青春痘、食慾不振，到最後，變得憔悴，說不定還會掉頭髮。

白忠雄聽得入神，同情的說：「我會請我爸爸進貨，賣一些可以增加食慾的東西。」他又問：「為什麼世界上會有想要欺負別人的惡霸呢？」

楊大宏推推眼鏡，說出他的發現：「連神話裡的天神都會霸凌彼此。」

對耶，我立刻想到：「希臘神話裡的天神宙斯，就是整天欺負別人。」葉佩蓉又補了一段：「宙斯的爸爸更壞，會吃掉自己的小孩。」

楊大宏想了想，認為自己無法回答這個問題：「霸凌的原因太多了。可能來自家庭、親友的影響；也可能是天生的，大腦某個部位出了問題，無法控制自己的行為。」

如果原因不明，根本無法針對原因徹底解決「霸凌者」的行為啊！

全班唉聲嘆氣，像是滿天烏雲飄進教室，還有成群象徵不祥的烏鴉停在窗臺。張志明還說：「一想到世界上有可惡的霸凌事件，我連鹽酥雞都沒胃口吃了。」

白忠雄連忙安慰他：「可以撒上我家賣的胡椒鹽，很香。」

「老師，您被霸凌過嗎？」張志明突然拋出一道疑問。他還特別聲明：「不可以說我不交作業，是在霸凌您喔。我只是忘了寫。」

陳玟現學現用：「張志明，你正在表演基本歸因偏誤。沒交作業，是忘了寫；忘了寫，是因為媽媽一直叫你去掃地；你去掃地，是因為妹妹懶得掃……」

「我妹真的懶得掃地，也懶得摺衣服，連飯都懶得吃，還要我餵。」張志明說完，我們都轉頭看著這個「意想不到很愛護妹妹」的人。

「我應該沒有被霸凌過吧。」但是，江老師接下來說的話讓全班一陣驚呼，她居然坦承，「但我小學時曾經跟著一群女生，精神霸凌一位優等生。」

「當時因為她太優秀了，不管參加什麼比賽都得獎，對老師與同學又很有禮貌。於是我們出於嫉妒，便開始故意疏遠她，還常對她說風涼話；比如故意在選班級幹部時，說：『什麼長都讓她當好了。』」

「不可能！」陳玟連連驚呼，「我不敢相信江老師小學時曾經心機這麼重。」

「我也不敢相信自己這麼容易受他人慫恿。當時，班上有個心胸狹窄的女孩聯合我們一起霸凌她，我竟然就跟著做了，還覺得很好玩。」江老師說：「我們還強調：誰叫她那麼跩，看起來很驕傲。明明就是一種基本歸因偏誤。」老師說完，鼻子有點紅了。她還搖頭說：「希望這位好學生沒有被我們擊倒，一路平安成長。」

難道江老師是為了彌補當年的過錯，所以後來才決定當小學老師，而且將學生照顧得無微不至？

江老師看著我說：「君偉，說不定你的推論是對的，也許我真的是在彌補吧。如果在一開始不要做錯事，人生就不必後悔與彌補，那該多好！」

最後，老師提醒大家：「霸凌不該發生在任何人身上，萬一遇到了，必須立刻向你信任的人報告。你們最信任誰？」

白忠雄有答案：「我會告訴我爸爸，他說將來我家的店會傳給我。」

雖然我們不懂第一句話和第二句有什麼關聯，但是江老師稱讚白忠雄：「這表示你們的親子關係良好，白爸爸是位好父親。」

陳玟則說，她會跟外婆講，因為外婆很正直，又知道派出所的電話，一定會嚴懲壞人。

張志明捏著嗓子，也十分溫柔的說：「我如果被霸凌，一定馬上向江老師訴苦。因為我最信任江老師。」

老師無限感動的回答：「謝謝你，很榮幸成為你信賴的大人。」可惜下一句是，「數學習作還是要準時交。」

張志明又撒嬌：「我是真心說這句話的喲。」

江老師微笑回答：「國語習作也要交。我也是真心的。」

君偉的機智想法

我認為會霸凌別人的人，可能自己也曾經在某件事情上被霸凌過吧，否則為何要欺負無辜的人？不知道世界上第一個霸凌他人的壞蛋是誰？從此引發一連串的連鎖效應。而且他當時說不定也以「基本歸因偏誤」的心態說：誰叫對方欠罵。

一分鐘讀懂「基本歸因偏誤」

基本歸因偏誤（fundamental attribution error）也稱為「錯誤歸因」，指的是一般人在看待別人的不好行為時，即使有充分的證據支持，仍然會覺得是受到當事人個人因素的影響，而不是有外在不利於他的原因。但是反過來，當自己做出不好行為時，就歸咎於外在因素，而非自己的錯。

寫下你的機智想法：

吵是情罵不是愛

Q4

你跟朋友的相處情形，通常是什麼樣子？

1. 跟朋友常常黏在一起，巴不得永不分開。
2. 雖然常跟同學、朋友一起玩，但是回家後並不會特別聯絡。
3. 跟班上的每個同學都聊得來，沒有特別固定的好友。
4. 我認為有沒有朋友都沒關係。

我和媽媽有一個默契，如果對事情的意見不同，快要吵起來時，媽媽就會停下來做一個深呼吸，然後說：「我們回到自己的房間，用寫的。」

這個「筆戰」方法還不錯，因為媽媽認為：「用寫的，不但得思考該用哪個字，有時還得查字典。這樣一定會冷靜下來，不會說出令人痛心、卻難以收回的可怕用語。」

最重要的，爸爸還說：「作文也會進步。」

我把這件「家庭活動」告訴張志明，他問：「如果沒有自己的房間，房間裡又沒有字典，也沒有乾淨的紙怎麼辦？」

「你很煩耶，這些不是重點啦。」我差點跟張志明吵起來。

陳玟走過來，加入我們的話題。她認為我媽媽的方法很好，不像她的媽媽，每當母女吵起來時，往往只有一句話：「等你長大當媽媽就知道。」

楊大宏也湊上一句：「我爸爸跟我媽媽吵架時，都會越講越小聲，然後忽然閉嘴，說：『好男不跟女鬥。』」他說完立刻閉嘴，因為陳玟大叫：「性別歧視！」

我們班偶爾也會發生同學吵架事件，例如開學那天，白忠雄跟葉佩蓉便為了一個水桶吵得不可開交。

白忠雄說：「主任要我提水去澆花，所以要用這個水桶。」

葉佩蓉則說：「這個水桶明明是擦窗戶小組專用的，你不能動它。」

「那我要用什麼提水？」

「你去跟主任借，或向別班借啊。」

「可是現在你又不需要擦窗戶。」

「我怕你弄髒水桶，說不定會打破。」

「難道我要用口水去澆花？」白忠雄越講越氣。

張志明趕來提油救火：「我的口水很多喔。」

最後，當然是兩個人吵著吵著，吵到江老師面前，互相告狀對方有錯。

江老師經驗老道的下令：「水桶借給白忠雄使用，但歸還時必須先經過葉佩蓉檢查。」

白忠雄：「哼，又不是我想澆花。」

葉佩蓉：「哼，又不是我願意借你。」

不過，兩個人還是依照老師的指示處理。而且，下午第二節下課時，白忠雄還笑咪咪的為葉佩蓉展示一套立體貼紙，他們家有賣。葉佩蓉兩眼亮晶晶的說：「星期六我就去店裡買，記得幫我留。」

這種小規模吵架，往往不費江老師什麼力氣便可解決。然而也有規模較大的，會讓江老師滿面愁容。

比如上星期五，李靜突然莫名其妙的對張志明說：「你長得有點奇怪。」

「怪在哪裡？是怪好看吧。」張志明一貫的嘻皮笑臉。

李靜當時的心情可能不太好，聲音提高了：「你真的很惹我討厭耶！」

張志明還沒有察覺氣氛不太對，用可笑的聲音模仿李靜：「你真的很惹我討厭耶。討厭討厭討厭！」

李靜更生氣了，大喊：「你這個醜男子！」

張志明不甘示弱，也大喊：「我又沒有要去參加選美比賽，你這個雞婆鬼！」

「你罵我！」

「是你先罵我！」

戰爭開始才一分鐘，雙方便有戰友加入這場吵架大戲。陳玟雙手插腰，用忿忿不平的語氣指責張志明：「誰叫你平時對女生沒有禮貌。」

楊大宏本來想當和事佬，以富有科學精神的態度，試圖機智的加以分析：「據我的觀察，張志明倒沒有常常對本班女同學不禮貌，反而是有時會對老師沒禮貌。」

張志明於是轉而罵楊大宏：「你是雞婆二號。」

楊大宏臉紅了，我只好替楊大宏解圍，說：「你別生氣，你認為自己不是醜男子，不就沒事了？」

張志明居然瞪我一眼：「你又不是我，怎麼能知道我的內心感受？」又補一句，「雞婆三號。」

李靜被冷落在一旁，只好「哼」一聲，摟著陳玟走開。張志明不肯罷休，對著兩位女生的背影，再罵一句：「吵輸就想逃嗎？」

這下子，把陳玟惹火了，指著張志明，大聲嚷嚷：「你的作業呢，又沒交吧？」

「張志明有交作業，天就要下龍蝦雨了！」李靜也幫腔。

張志明接話：「誰要送你龍蝦，送你大頭菜啦。」

總之，張志明一人面對兩位女戰將，開始漫無邊際的吵成一團。中間不時加入白忠雄的：「這個我家有賣。」與葉佩蓉的：「你家什麼都有賣？才怪！」

我和楊大宏互看一眼，決定去辦公室，請江老師速速回來清理戰場。江老師正好走回教室，驚訝的問：「怎麼了？」

雙方人馬又扯開喉嚨大喊大叫，我根本聽不清他們在說些什麼。

不論老師怎麼大叫：「小聲一點！」、「你先說。」、「我聽不見。」吵架的當事人都不願少說一句，以免慢了對方一步。

老師嘆了一口氣，乾脆坐下，沉默的看著臉紅脖子粗的一群學生。

張志明發現了，聲嘶力竭的說：「停！老師在生氣。」

所有人馬上閉嘴，轉頭看著老師。老師搖搖頭，輕聲問：「請認真想一想，你們覺得吵這一場架很無聊，浪費生命，還是很有意義？」

她又說：「你們已經氣到不想讀這個班，不願意跟對方當同班同學了嗎？」

李靜想了想，低聲回答：「沒那麼嚴重。」

「有人可以詳細說明事情經過嗎？」老師又問。

教室裡一陣靜默。我舉手報告：「一開始可能是李靜一句玩笑話，但引起張志明不舒服。不知道為何，大家最後都講出氣話，吵到喉嚨都沙啞了。」

陳玟以沙啞的聲音解釋：「我認為原本的一件小事，被加油添醋變成大事。」她好像忘了自己就是加油的人。

江老師請大家回座位，還笑著說：「沒想到今天教室出現一群刺蝟。」

張志明馬上恢復元氣，發揮諧星本領，說：「我比較想當豪豬，肉多實在。」

江老師為我們上了一課：「人際關係中有一種理論，就叫刺蝟困境，也稱為豪豬困境喔。」

「我知道這是比喻。」陳玟也恢復精神，對答如流，「比喻很難相處的人，就像全身長滿刺的豪豬與刺蝟，難以靠近，彼此無法擁抱。」她還加上注解，「要我擁抱張志明，免談。」

我提醒陳玟：「擁抱也是一種比喻，不是要真的抱在一起。」

「我知道。」陳玟瞪了我一眼，轉頭問老師：「為什麼有人那麼喜歡吵架？」

張志明故意問：「比如誰？」

老師也問：「我們班最常與

人吵架的，是誰？」

張志明竟然不客氣的回答：「是老師！您常跟我吵，爭論我的作業該哪一天交。」

葉佩蓉很不滿意的指出重點：「老師您看，張志明這種態度，根本就是在點燃別人心中的怒火。」

楊大宏也有重點解析：「會引發吵架的人，通常跟態度與口氣有關。」他為張志明指點迷津，「你就是太愛開玩笑，不了解的人，就會以為你在挑釁。」

老師點點頭：「雖然吵架並非好事，不過，有些是非題，我也希望大家和和氣氣的吵出真理。古人說過，真理越辯越明，意思是，如果爭吵是為了得到事情的真相，也有它的價值。還有人主張吵是情、罵是愛呢。」

「罵才不是愛。」張志明反對，「吵可能是為了對方好，比如遇到火災，趕快敲門把人吵醒以便逃命。可是，不管哪一種罵，我都不愛。」

陳玟正想開口，張志明馬上轉頭說：「不可以罵我。」

老師只好再度勸告全班：「要珍惜能成為同班同學的機會。」這句話她幾乎每星期都得重複一次。

究竟同學之間該如何避免不愉快的吵架事件呢？

對於我的疑問，老師聳聳肩，無可奈何的說：「其實我也沒有準確的答案，人的心思很難預測。不過，刺蝟困境是在提醒我們，雖然刺蝟與同伴不可能常常親密的擁抱在一起，但冬天來臨時，如果離所有同伴遠遠的，便無法互相取暖，會孤獨受凍。」

楊大宏推了推眼鏡，疑惑的說：「聽起來不符合動物行為科學。」

陳玟翻翻白眼：「這是比喻，不要逼我跟你吵架。」

老師強調：「刺蝟困境給我們一個啟示：人與人之間，最好保持著有點距離、又不能離得太遠的關係；所以同學相處，甚至我跟你們的相處，都得小心，不必過分親密，也不可過於冷漠。」

張志明嘆氣：「到底要離幾公分才叫適當的距離？人類好複雜。」

老師笑著補充：「後來也有人認為，刺蝟應該去找烏龜取暖，或是刺蝟靠自己的能力去買一張毛毯。」

白忠雄馬上加入話題：「我家有賣各種尺寸的毛毯。」

張志明有新的理論：「有時候，多吵架感情才會更好。像我媽媽跟妹妹整天跟我吵；我和張君偉也會吵；和陳玟更是吵架雙人組。可是，我跟這些人感情都很好喔，因為他們都知道我不是真的在吵，是在……」

「是在討罵！」陳玟終於忍不住接話。

張志明笑了：「陳玟最了解我，她是刺蝟，我是烏龜。」

他還轉頭對老師說：「您是最有溫度的毛毯喔。」

人與人之間到底要保持多遠的距離才好？距離太近了，可能一不小心便傷害彼此；距離太遠，又不容易產生感情。張志明說只要有戴口罩就是安全距離；我媽媽說跟她相處不必有距離；陳玟則說離她遠一點！做人真的很難。

一分鐘讀懂「刺蝟困境」

刺蝟困境（Hedgehog's dilemma）也稱豪豬困境，最早的概念來自於德國的哲學家叔本華在書中寫的寓言：寒冬時，豪豬們會緊靠在一起取暖，但身上的刺又讓彼此受傷或不舒服；最後發現，保持適當的距離比較好。這個理論說明人際關係的複雜，親密關係有時也會帶來傷害。

人與人之間，最好有適當的「心理距離」，可以與信任的人互相依賴，但也該適度的獨立靠自己。

5 一個人的班規不是班規

Q5

如果在分組討論，你和同組成員意見不一致時，你通常會怎麼做？

① 放棄自己的想法，選擇聽從多數人的決定。

② 堅持自己的意見，並用盡方法說服組員。

③ 請教大人，讓他們評論自己或組員誰的看法比較好？

④ 我根本沒有自己的意見。

三年級時，張志明提出「自己管自己」這條班規，不但獲得全班認可，也被江老師稱讚：「張志明你滿機智的嘛。」只是，天有不測風雲，江老師沒料到從此以後，本班便常遇到這一道難題。

大掃除時，老師將全班分為教室區與外掃區兩組。教室區由葉佩蓉分配工作，不論掃地或擦窗戶，這一組的人都有說有笑的，看起來合作得很愉快。但是負責掃辦公室的外掃區組，卻在陳玟的領導下，吵得不可開交。

我和楊大宏被陳玟指定擦辦公桌椅，張志明卻吵著：「我也要。我想偷看暴龍老師的桌上有沒有放偶像歌手的照片。」

楊大宏大方的同意：「我可以跟張志明交換工作。」

陳玟卻把頭搖得像七級地震，大聲說：「自己管自己，不必管張志明。」

張志明不服氣：「既然是自己管自己，你又何必管楊大宏跟我？」我也表達看法：「反正只要該打掃的地方有人做，誰做都一樣。」

「我不管！」陳玟氣得大罵，「難道要讓你們換來換去，換到都快上課了，什麼事也沒做好？」

也對，打掃時間已經過了一半，我們還拿著抹布呆呆站在辦公室裡吵架。楊大宏只好說：「快擦。」還好心的向張志明保證，「如果我看到暴龍老師桌上有什麼奇怪的物品，一定告訴你。」

陳玟回到教室，向老師告狀：「張志明濫用班規，想要自己管自己。卻沒發現他連自己該做什麼都搞不清楚。」她的結論是，「有些人不適合自己管自己。」

張志明不滿的抗議：「我知道自己是誰，也知道下課時要吃什麼啊。」

接下來的班會，老師請全班討論學期末即將舉辦的同樂會主題。結果全班三十人，有四十個意見。張志明的奇想包含：「玩丟水球、玩人體積木、租恐怖片來看、吃可怕食物吃到飽。」陳玟大聲反駁：「既然你要自己管自己，又何必管班級同樂會要做什麼？」白忠雄的意見只有一個：「我家都有賣。」不過，其他同學的建議也不少，有人想唱歌，有人想玩球，還有人主張猜謎遊戲比較有趣。

老師無奈的搖頭：「我發現本班缺乏社會認同。」

楊大宏推推眼鏡，呼應老師：「我認同老師這句話。」並熱心的為大家解釋，「社會認同是心理學的名詞，意思是團體中的成員，有沒有認為自己屬於這個團體，如果有，就是對四年七班具有社會認同。或是我們班的每個人，對許多事情的看法都一致，就表示社會認同度很高。」

老師露出苦笑：「其實，我們班在某些事情的社會認同度上挺高的。舉例而言，如果我說連續一星期不出回家作業，相信你們都會點頭吧？這表示全班具有高度的社會認同。」

楊大宏大叫：「我反對！」

張志明現學現用：「楊大宏沒有社會認同，不團結。」

「就算有十萬個人同意某一件事，也不代表這件事是正確的。」楊大宏滿臉嚴肅，「我不會對這種蠢事有社會認同，寧願當叛逆小子。」

說實話，我很難將正經八百的楊大宏，跟聽起來很帥氣、灑脫的「叛逆小子」連結在一起。李靜也笑出來，說：「我們班最不叛逆的，是楊大宏才對。」

老師卻點頭，說楊大宏想得很周到。她說：「有時候，社會認同並非好事，容易形成偏見。我小時候，告訴爺爺我想當科學家，卻被他嘲笑女孩子研究科學做什麼，好好嫁人便是。」

據老師說，爺爺那一輩的老人家，普遍的社會認同是重男輕女。

陳玟替老師抱不平：「只能怪當時的性別平等教育不夠普及，害老師沒有成為科學家，痛苦的來教我們這一班。」

老師笑了：「教你們不痛苦啦。」她繼續問：「大家認為，在團體中，我們該服從多數人，具有社會認同；還是當個叛逆小子比較好？」

有了剛才楊大宏的提醒，對於這則問題，全班的社會認同倒是挺高的，都同意要看狀況。

陳玟舉出實例：「選舉時，我爸媽跟多數人一樣，都有去投票，因為他們對國家的民主制度有社會認同。」這個例子大家一聽就懂，我的爸媽也這樣做。連張志明都說：「我阿嬤也有去，但是她忘了帶身分證，要我回家幫她拿。可是天氣很熱，我便威脅我阿嬤必須請我吃雪花冰。」

我拍拍張志明的肩：「不可以威脅長輩。」

「但是她也整天威脅我啊。」張志明委屈的舉證，「我不做功課，她就威脅我不能吃飯後點心。」

楊大宏冷靜的說：「張志明其實是在炫耀阿嬤對他很好，每餐必有點心。」

張志明推了推楊大宏：「你好懂我喔，你對我有社會認同。」

「只有兩個人不叫社會認同，叫狼狽為奸。」陳玟不服。

由於這個成語使用不當，所以陳玟馬上轉換話題：「照說，班規應該是全班同意共同遵守的。如果自己管自己，就可能有三十種不同規定，這樣對嗎？會產生對班級的認同感嗎？」

老師覺得這個議題不錯：「我們可以來想想，本班必須團結一心，每個人都有相同的社會認同，還是讓每個人自由發揮比較好？」

葉佩蓉回答：「體育表演會時，我很真心的幫張志明加油，希望他為我們班奪得賽跑的冠軍獎牌。」她轉頭瞪張志明一眼說：「可是我們平時根本就是仇家，看對方不順眼。」

張志明對葉佩蓉傻笑，安慰她：「沒關係，我仇家很多，你一點都不寂寞。」

百科全書小王子楊大宏立刻分析：「這證明了就算平日像冤家，遇到需要對外團結時，我們心裡的社會認同渴望，還是會逼我們化敵為友，為自己人的榮譽感到驕傲。」

張志明驕傲的說：「我不會逼你們喔，我沒有社會認同這種煩惱。」說完，他更驕傲的表示，「因為我連社會認同到底是什麼東西，聽了老半天仍然不懂。」

陳玟搖頭：「張志明只會關心今晚吃什麼。」

我舉手報告：「也就是說，就算心裡可能不喜歡張志明，可是在社會認同這個觀念下，仍會逼得葉佩蓉忘記平時的仇恨，為張志明的比賽鼓掌。因為在比賽時張志明是代表全班，這個全班就包含葉佩蓉。」

老師為我鼓掌：「張君偉說得真好。」不過她說請避免使用「仇恨」這種激烈的字眼。

張志明卻大嘆：「我更不懂了。」

「總之，社會認同可能是好事，也可能是一種壓力。」我告訴張志明。

他又嘆氣：「不要給我壓力。」

陳玟不忘提醒大家：「要修改本班班規嗎？一個人的班規，哪能叫班規？」

張志明也接話：「一個人的班規，叫做烏龜。」他又解釋，「因為烏龜是自己一個人住，單人套房，獨居，不像我們三十個人擠在一起。」

「而且一個人滿好的，買鹽酥雞時不必擔心一個要加辣粉，一個不加。」張志明才說完，白忠雄困惑了：「為何不能一人一份？」

李靜更困惑：「為何扯到鹽酥雞？」

至於班規，楊大宏終於有所突破，說出他的睿智看法：

「我們班的自己管自己，是有前提的。這個自己，必須是正常人，知道什麼事該做，什麼錯不該犯。」

說完，大家都轉頭看張志明。他笑咪咪的說：「我很正常喔，我知道上課時不能吃鹽酥雞，味道太重會被發現。」

老師看著窗外想了想，低聲說：「有時候，我真希望跟隔壁班的黃老師交換一下。」

楊大宏以沉痛的語氣警告我們：「你們都忘了大人也有社會認同的苦惱。老師一定每天都想著一件事：我教的學生，為何無法跟暴龍老師班上的學生一樣乖？」

這句話把江老師逗笑了，居然否定起暴龍老師，還說：「我並沒有怪自己跟包老師教學風格不同。每位老師都有他的獨特教學法，我只是感嘆自己沒有做得更好。」

她懷念起當年讀大學時，在教育史課堂上，讀到的那些偉大老師，可以教出偉大的學生。「身為老師，會想跟從前的名師看齊，覺得當個好老師很有成就感。」老師說這也算是一種社會認同。

張志明卻不同意，他看著老師認真的說：「教到不偉大、很普通、很笨卻笨得可愛的學生，才更有成就感啊。」他更得意的說：「因此，我才整天傻氣逼人，讓您充滿成就感喔！」

君偉的機智想法

原來社會認同有優點也有盲點，並非多數人同意的事，就是對的。有時不需要急著跟多數人一樣，這樣反而帶來壓力。而且我看過一位作家的書上說：「如果你只讀多數人都在讀的書，也只會知道多數人知道的事。」所以有時也要讀讀冷知識。但是反過來說，如果多數人都知道的事，你居然連聽都沒聽過，那也不行！

一分鐘讀懂「社會認同」

社會認同（social identity）是一九七〇年代，由心理學家泰費爾與特諾等人提出的，主要概念是一個人認知到他是屬於特定的社會群體，同時也認知到自己作為群體的一分子，帶給自己情感上的歸屬感與價值感；群體可大可小，從家庭到國家都算。例如遇到事件，我們通常會站在家人這一邊；或是支持環保者，看到自備環保杯買飲料的陌生人，也會產生認同感，覺得他跟自己是同一國的。

6 讓老師傻眼的十種方法

Q6

如果有同學吵架了，你希望老師怎麼處理？

1. 吵架就是不對，老師該一視同仁，將吵架的雙方一起處罰。
2. 先問清楚吵架原因，再決定哪一邊該處罰。
3. 小孩難免會吵架，老師好好勸說，不必處罰同學。
4. 老師不必介入，讓同學自己解決爭執。

「隔壁班的曹老師好可怕！」

「暴龍老師才恐怖！」

「可是我媽媽說，太仁慈、太善良的老師，對學生沒有什麼益處。」

下課時，我們會在走廊聊天。有時，也會跟隔壁班的學生交換情報，所以知道不同老師的脾氣。

目前為止，別班同學對本班江美美老師的評語都很高。他們以張志明為標準：「教到張志明，卻沒有教到發狂，證明江老師功力高超。」

張志明也得意的插嘴：「我是四年七班的吉祥物，江老師當然要對我很好，這樣才大吉大利。」

沒想到，天有不測風雲，張志明遇到史上最大的難題了。

這個月起，江老師決定與隔壁班的曹老師進行「協同教學」，方法是在一些科目的某些單元，讓兩個班一起上，兩位老師可以根據自己的專長，讓學生得到最大收穫。

聽起來就是讓更多學生一起上課，全班都很開心的大喊：「好熱鬧喔！」

陳玟馬上有疑問：「這樣誰是班長？」

老師想了想，竟然說出讓陳玟失望的答案：「不必每節課都有班長。我想同學們會自律，自己管好自己的。」

「這樣才不會在別班同學面前丟臉，讓別人覺得我們班很吵啊。」老師舉出的理由，得到陳玟的不信任票。她大喊：「但是我們班有張志明，他是例外！」

張志明笑咪咪的要陳玟放心：「別擔心，我會裝乖，這是我的專長。」

下午的綜合課，進行第一次協同教學。我們走進寬闊的美勞教室，只見曹老師的班級已經安靜的坐好，每個人都在盯著我們看。

江老師連忙道歉：「剛才太晚集合學生了。」

曹老師雖然是女生，但是剪了一頭時髦的短髮，雙手插在牛仔裙口袋，露出帥氣的笑容說：「沒關係，是我們班早到；我習慣提早做準備。」

大家都坐定位置後，曹老師說明本次課程，將由她負責教大家繩結的打法，江老師擔任助理。曹老師還以高亢興奮的語調解釋：「我以前是童軍團的指導老師，還得過繩結比賽的冠軍喔。」

我看著桌上擺好的麻繩，有點緊張。我不擅長打各種結，每次要包裝禮物盒的蝴蝶結，最後總是向媽媽求助。

張志明卻滿臉期待，在我耳邊悄悄的報告：「我最會打結了，等一下看我的厲害。」

第一種結，要練習打「平結」。曹老師很嚴肅的說：「萬一有人受傷，幫他急救包紮時，就要採用這種打法。」說完，便播放影片請大家仔細看。

協同教學果然很熱鬧，教室忽然一秒變成傳統菜市場，每位同學都趴在桌上，將繩子繞來彎去，試著學曹老師在影片裡的示範。

江老師好像不太擅長打結，皺著眉頭看影片，將手裡的麻繩纏繞了老半天，還是沒有打出成功的平結。

張志明使出最佳表現，手上拿著看起來打得很整齊的平結，走到曹老師身邊，用他裝出來很乖的嗓音說：「我這樣打，對嗎？」

曹老師正忙著為別的同學解開亂七八糟的繩子，點了一下頭，連看都沒看張志明一眼，只說：「很好。」

張志明不滿意的走回座位，對我說：「曹老師竟然沒有欣賞我的絕美繩結。」

陳玟聽見了，不滿意的糾正張志明：「你胡亂使用形容詞，罪無可赦。」

我把繩子遞給張志明，請他教我，他卻一副心不在焉的樣子，將繩子隨便繞兩圈，然後忽然說：「有了！」

只見張志明拿著我未完成的繩結，再度走到曹老師身邊，大聲問：「我這樣打，對嗎？」

然而，這次曹老師仍然沒轉頭，又敷衍的說：「對對對，都可以。」

「曹老師，你又沒有看到，怎麼知道？」張志明居然敢對曹老師提出抗議。

江老師趕緊走過來，拉著張志明，向曹老師說：「對不起，這孩子比較急性子。」

曹老師微微一笑說：「沒關係。當我正在忙著處理別人的問題時，無法分心解決你的問題喔。」

張志明悶悶不樂的走回來，對我說：「我覺得我跟曹老師的八字不合。」

「曹老師又沒有要嫁給你，何必跟你合八字？」陳玟低聲罵他，又說：「每個老師的教學風格不一樣，平時江老師對你太好了，你便覺得曹老師對你太冷淡。」

小百科楊大宏也對張志明送上一句：「別把自己看得太重要，宇宙並不是繞著你轉。」又補充，「宇宙沒有繞著誰轉啦，倒是不斷的膨脹。這一切可能跟暗能量有關。」

白忠雄也馬上補一句：「我家有賣黑暗裡會發光的鑰匙圈。」

等到全體學生都打好平結，正好下課鐘響，我們便回到自己的教室。

一進教室，張志明迫不及待的跑去向江老師訴苦：「曹老師真的很可怕，又很偏心。她只專心教自己班的學生，都沒看我，我被曹老師欺負了。」

老師哈哈大笑：「怎麼可能？」

「曹老師看都沒看我，我成了隱形人。」張志明嘟起嘴又說：「我還是比較喜歡江老師。」

老師勸張志明：「曹老師是一位很認真的老師，她剛才為每個學生熱心的示範細節，你不該去打擾，讓別人中斷學習。」還說：「曹老師對我們班的學生也一視同仁啊，她花了很多時間教葉佩蓉呢。」

「算了算了。」張志明搖頭，「我是江老師的寶，但不是曹老師的菜。」

陳玟也搖頭：「又胡亂使用形容詞。」她轉頭問江老師：「您教到像張志明這樣的學生，會不會傻眼？」

老師想了想，說出讓我們嚇一跳的話：「我讀大學時，有些同學才讓老師傻眼呢。」

「我想聽！」張志明立刻破涕為笑，無限開心的問：「您當學生時，有像我一樣可愛嗎？」

老師用了一個標題，來描述她的大學同學：「每天都讓老師傻眼十次。」

「比如說，有人會在第一節課，故意坐在最後一排，偷偷吃鹽酥雞。」老師說完，張志明看出破綻：「偷偷吃沒有用，鹽酥雞很香，一定

聞得到。」

白忠雄不忘宣傳：「如果撒上我家賣的胡椒鹽，更能提味。」

老師的同學，還有各種讓人想像不到的傻眼狀況：有人永遠在最後一分鐘才交報告；有人一學期只來兩次：期中考與期末考。還有人回答老師問題時，只說一句英文：「Why not？」

我們大吃一驚：「Why？」

「那位同學說他正在練英文，準備移民。」老師想起往事，眼中充滿難忘回憶，又搖頭又嘆息：「我當時覺得當老師好可憐啊。」

「難怪您對張志明見怪不怪！」陳玟終於找到解答，「因為張志明再怪，也沒有您的大學同學怪。」

張志明拍拍胸脯保證：「我發誓絕對不會在上課時偷吃鹽酥雞。」

我問老師：「您的老師既然常對學生的行為傻眼，有對他們展開復仇行動嗎？」

「要是我，就讓這些學生考試全部不及格。」陳玟充滿正義感，「這種學生，不必對他們客氣。」

沒想到，老師的故事還有下半段。

「我的大學老師起初真的很挫敗，我有發現他上課時越來越沒精神。」江老師又沉浸在往日回想中，「期中考時，那些行為不當的學生真的都不及格喔。」

「痛快！」

「應該的！」

「惡有惡報。」

但是老師解釋：「但不及格的原因，只是因為試卷答題寫得不夠正確。」她說這一點很合理，上課偷吃東西、常缺課，這種學習態度，到了考試時當然不會寫。

可是我認為這樣，對那位大學老師太不公平了：「難道沒有方法可以對付那些學生，換他們傻眼？」

老師說了一個很有學問的名詞：「我想我的老師運用的是手錶定律吧。」

老師解釋，「手錶定律」的意思是每只手錶上，只會指出一個時間，如果手上戴著兩只錶，出現兩種時間，就很難確定哪個時間才是正確的。

「我家有賣同時顯示兩種時間的手錶。」白忠雄適時補充，「不過那是不同國家的時間。」

如果對待學生有不同標準，就像兩只手錶上的不同時間，這樣很難做事。所以大學老師決定對所有學生一視同仁，考試不及格，是因為答錯，並非因為平時行為不佳，就在他的考卷上扣分。就像曹老師也是奉行手銬定律，不因為是別班學生就不認真教。

老師說完，楊大宏有意見：「難道容許這些學生一直讓老師傻眼？」

「別擔心。」老師笑了，「這些學生的行為雖然有點奇怪，倒不至於惹怒或傷害老師；如果行為太過分，違反校規，學校也一樣會採行手銬定律，對犯規者有相同處置的。」

張志明有新發現：「我懂了！老師您沒有遵守手銬定律。因為您有時對我傻眼，有時翻白眼，有時眼神空空的，有時眼中卻充滿愛心。」

陳玟翻白眼：「這不叫手銬定律，是老師對你很包容，胸襟像大海一樣深，像天空一樣寬。」

「我家有賣肉包，熱的。」這是白忠雄的結論。

我認為，每次做事最好只定一個目標，以免分心，或不知道該走哪個方向。正如我家的家規也是手錶定律：聽媽媽的就好，爸爸的僅供參考。但是江老師有時候沒有遵守手錶定律，好像也不錯，不然就會失去本班的吉祥物張志明了。

一分鐘讀懂「手錶定律」

手錶定律（Segal's Law），又稱為矛盾選擇定律。手上若有兩只不同時間的手錶，往往讓人無所適從，不敢確定哪個時間最準確。

比如一家公司若定了兩種不同目標，或是由兩個不同理念的人來共同經營，就會造成混亂，讓員工不知道該聽誰的。

7 被喜歡的勇氣

Q7

你對結交朋友的想法是什麼？

① 先確定哪個人對自己有幫助，才跟他做朋友。

② 朋友當然是越多越好，想辦法多交朋友就對了。

③ 就算是朋友也不一定會幫助我，所以不必花力氣交朋友。

④ 想辦法讓自己成為有價值的人，別人就會主動來跟我做朋友。

如果我們班是平凡的四年級學生，就不該出現情人節這種節日。但是因為本班有不平凡的小百科楊大宏，知道二月十四日是情人節、三月十四日是白色情人節，也知道訂在二月十四日這一天，是因為古羅馬時期的一個典故。於是，他向老師提議：「下週情人節那一天，我們來玩小天使遊戲。」

「小天使遊戲好幼稚。」

「情人節是大人的節日，好肉麻。」

「我們班只會有仇人節、敵人節啦。」

楊大宏的建議，馬上引發反對聲浪。

張志明卻選邊站：「什麼節我都喜歡，不過我沒有情人喔，我年紀還小。歡迎大家送我情人節巧克力。」

白忠雄也立刻選邊：「我家剛好有進新口味的草莓巧克力，同學來買我會打折。」

楊大宏卻推推眼鏡，為大家貢獻生活常識：「根據統計，臺灣人最討厭的情人節禮物是巧克力。」

葉佩蓉仍然有疑問：「小天使遊戲我知道，就是匿名送給一個對象小禮物，或偷偷對某一個人好、幫助他，扮演這個小主人的守護天使。」而她的問題是，「會有人想當張志明的小天使嗎？」

張志明笑嘻嘻的解答：「答案可能會嚇到你喔。說不定有一群人搶著想照顧我，老師只好抽籤決定。」

「我家有賣抽獎箱。」白忠雄也有答案。

身為楊大宏的好朋友，我當然知道他為何有此提議。他偷偷喜歡陳玟這件事，幾位好友都偷偷的知道。張志明還苦勸他：「最好別選成語天后當女朋友，吵架的時候，萬一你想不出成語來和她對罵怎麼辦？」

「我才不會跟人脣槍舌戰、針鋒相對。」楊大宏要張志明放心，他小學畢業以前，會將事業重心放在考試上。

不過，「情人節小天使遊戲」這項建議，應該是楊大宏放不下，就是想要為喜歡的人做一點事吧。也許，他想藉機會向陳玟表白，說自己滿欣賞她的。

我把想法說給媽媽聽，媽媽大驚失色，叫著：「君偉，你已經有心上人了？我的未來媳婦是誰？」

我也大驚失色，大喊：「媽媽您的想像力太豐富。」

「不，是想歪力太豐富。」爸爸則說：「喜歡一個

人很正常。我小學五年級時，同時暗戀三個人呢。我有送耶誕節卡片給她們，可惜，都沒有收到回信。」爸爸說他花掉一個月的零用錢，卻有去無回，好心疼，最後決定讓三個心上人都變成路人甲乙丙。

我的看法是：「您這樣太現實了，劉備都去孔明家三次耶。」

媽媽認為小學生不該談戀愛。爸爸卻反駁：「小學時喜歡的人，不能稱為戀愛啦，戀愛複雜多了。」

爸爸教我，如果喜歡誰，可以大方的先跟對方做普通朋友，多多相處，才會知道彼此適不適合，可否繼續成為更要好的朋友？

我只好宣布：「目前我最喜歡的對象是獨角仙與恐龍。」

第二天上社會課時，江老師沒忘記楊大宏的提議，告訴全班：「我覺得楊大宏的想法滿好的。雖然本班平時有爭吵，也有和樂時刻；倒從來沒有機會讓大家認真想想：自己能為別人付出更多嗎？」老師說這叫「情感教育」。

於是，誰要當誰的小天使，便成為這節課吵鬧不休的話題。老師最後很機智的決定：「我來指定。」

而且，老師不會公開，一切都採祕密進行。張志明非常熱情的說：「被我照顧的小主人一定很幸福，我會送他許多貼紙。」

「喂！你大聲宣揚，不就讓收到貼紙的人一秒知道你是小天使？」陳玟好意指出張志明

的盲點。

張志明趕快修正：「我不會送貼紙喔。」

情人節那一天，我們都充滿期待的等著，看看會在什麼時候收到小天使的神祕小禮。其實老師前幾天就在每位同學的聯絡簿中，夾上通知單，寫著每個人的小主人是誰，也寫上需要做什麼事。

很簡單：準備一張卡片，寫出小主人的至少三項優點，找機會偷偷放在小主人可以收到的地方，比如抽屜、提袋內。至於怎麼放才不會被發現，又必須以「合法」的方式，不可讓對方生氣，就考驗大家的應變能力了。

老師也說，如果額外想送其他東西也可以，但不能太破費，還必須考慮是小主人需要的。為了增加趣味，老師自己也參與這個遊戲。

我認為這個遊戲最好玩的地方是：「如何以合法方式放卡片，不被對方發現」。白忠雄也雙眼發亮的說：「好刺激！」還要我到時候替他把風。

「又不是當小偷，把什麼風？」楊大宏推推眼鏡，覺得我們很可笑。而且他說：「你們忘了，全程必須保密。不可讓別人知道誰是誰的小天使。」

張志明悄悄的跟我協定：「我們兩人一組，幫對方把風。不然真的很難偷偷把卡片放進同學的抽屜。」

我想了想，覺得可行，便點頭答應。結果，張志明的小主人是我，我的小主人是江老師，看起來根本不需要把風。當天在上學路上，張志明直接把卡片交給我，我則利用老師還沒進教室時，把卡片放在講桌抽屜。

「小天使遊戲」挺成功的，我發現情人節這一天，本班的上課氣氛特別融洽，下課時也沒人吵架。小主人會喜孜孜的看著一張張從各處被找到的卡片，然後露出笑容。

看來每個人都喜歡被寫上優點。就連張志明給我的卡片，我讀了之後也哈哈大笑呢。他眼中的我，優點是「很會畫圖、其實沒有很胖、我說的笑話君偉有在笑」。

當然，我最關心的還是楊大宏的小主人是陳玟嗎？他有利用這個絕佳時機，寫下充滿感情的卡片送給她嗎？

第二節下課時，我和張志明忍不住跑去問陳玟：「你收到小天使的卡片了嗎？寫什麼？」

陳玟搖頭：「天機不可洩漏。」還強調，「寫這張卡片的人很懂我，吾道不孤。」

白忠雄正想說：「我家有賣香菇。」被陳玟搶話：「吾道不孤的意思是，我走的路不寂寞，因為有人很贊同我，跟我想法一致。」

張志明立刻演起福爾摩斯偵探角色：「這一定是楊大宏寫的，他是在拍你馬屁。」

陳玟瞪張志明一眼，走開了。

情人節的最後一節課，江老師在放學前十分鐘，為這次的遊戲加上說明：「我覺得今天班級的氣氛非常和諧，像是一家人般的富有感情。」若在平常，陳玟通常會反對：「一家人不見得有感情。」但是今天，她除了瞪張志明一眼之外，整天都面帶微笑。

「被人誇獎優點，大家都喜歡吧，所以也會想要對別人表達善意。」老師解釋這叫做「互惠法則」，「當別人對你好時，你也會想對他好，這種互惠法則有許多實例。」

老師說的例子，果然都讓我們連連點頭。「若白忠雄先送你好吃的水果軟糖，然後問你要不要放學後，到他家買鉛筆？雖然平時你都在別家店買鉛筆，但是你這一次就會到他家的店裡購買。

白忠雄笑得好開心：「我家也有賣彩色鉛筆。」

「不過，也有一種情況，就是原本你根本不想買鉛筆，可是這一次，因為吃了人家的糖果，覺得不好意思，只好去買。」老師又補充。

陳玟點頭：「我懂了。所以互惠法則有優點，也有缺點。要小心，糖果不要亂吃，鉛筆不要亂買。」

「以今天的活動來說，每個小主人都得到好處，享受小天使的稱讚。但因為不確定是誰對自己好，於是乾脆對每個人都

好。這算是互惠法則的好處吧。」老師的用意是，「以後別隨便跟同學吵架，想要別人對你好，就請先對別人有善意。」

被喜歡的滋味挺不錯的。可是，我提出另一個問題：「如果我根本就不想吃水果軟糖，卻被硬塞，可以拒絕嗎？」

老師誇我：「這個延伸想法很周到。」還說：「當然可以拒絕。被人喜歡雖然很開心，不過，也要有『不想被喜歡的勇氣』。」老師介紹，有一本暢銷書就叫《被討厭的勇氣》呢。

「不想被喜歡跟被討厭，兩者不一樣吧？」我又問。

「君偉，你今天真的很機智！」江老師笑了，「沒錯，兩者不一樣，同學們回家後，不妨跟家人討論一下，這是很有意思的話題。」

陳玟另有見解：「被喜歡也是要有勇氣的，比如被張志明喜歡，必須做十個深呼吸，才不會嚇到缺氧。」張志明想辯解，被她一秒制止，「不過，如果我被張志明喜歡，我倒是可以接受，他有時候滿可愛的。」

張志明臉紅了！這可是跟「天空下起龍蝦雨」一樣稀奇啊。我猜，陳玟運用的是「互惠法則」，先說張志明的好話，張志明就不會對她惡言以對。

放學路上，不論我和張志明如何逼問楊大宏：「陳玟是不是你的小主人？在卡片上有暗示你喜歡她嗎？」他都不肯揭曉。張志明最後自己爆料：「我被寫在卡片上的優點是：哈、哈、哈。你們猜是誰寫的？」

好難猜啊。

君偉的機智想法

媽媽要我「不必刻意討好別人，也不要故意欺負別人。」但是我覺得江老師一定有「先故意對我們好」，想用互惠法則來感動張志明。可惜張志明還是常常忘了交作業，證明這個方法不適用在每個人身上。我告訴張志明：「老師對你再好也沒用。」張志明卻說：「老師可以再加油！她昨天不是說了頑石點頭的故事嗎？」

一分鐘讀懂「互惠法則」

先對別人好，或是先給對方一點小小的好處，讓別人不好意思拒絕，只能也對你好，這種「互惠法則」（Law of reciprocity）很常見，就像我們常說的：「拿人手短」的意思。優點是運用得當的話，比較容易達成目的。

但是太常用也可能會被識破，而失去原來的效果。

寫下你的機智想法：

8 校外教學悲劇了

Q8

如果在公園裡，發現有人亂丟垃圾在草坪上，你會怎麼做？

1. 當作沒看見，反正有清潔人員會定期維護整潔。
2. 上前提醒，勸說對方把垃圾丟在垃圾桶裡。
3. 等對方離開，自己去撿起來丟進垃圾桶。
4. 用手機拍照，向相關單位檢舉。

我的小學生活整天從家裡走到學校，再從學校走回家，有點無趣。爸爸說：「我也是整天從家裡到公司，再從公司回家，無限循環。唉！」說完，我們一起轉頭看媽媽，媽媽瞪大雙眼，怒吼一句：「難道我整天從家裡到超市買菜，就從此過著幸福快樂的生活嗎？」

幸好爸爸會安排各種小旅行，也曾帶我們出國旅遊。連去爺爺奶奶家、外公外婆家，媽媽也會在前一天與我們討論，該買什麼禮物，到達後可以吃哪種地方小吃。總之，不管哪一種旅行，都會讓平日的「無聊循環」暫時停止，快樂一下。

「想想你們還有校外教學呢。」爸爸羨慕的看著我，「我小時候在校外教學前一晚，總會興奮到失眠。」爸爸小學去過的地方，有兒童樂園、植物園、動物園、美術館，和科學教育館。

我發現：「不是園就是館。」

「因為兒童免費啊。」爸爸說完，好像也才想起這個大發現，「從前大家都窮，所以要省錢大作戰。」

爸爸很喜歡用「從前我們都很窮」來造句。

抱著期待「離開無限循環」的心情，我們開始熱烈討論校外教學的相關事項。現在我們的校外教學，去的地方可多了，不見得只去免費的場所。不過張志明說：「只要好玩，需不需要花錢買門票都一樣。」他心目中的好玩條件很簡單，只要不會惹得江老師大喊：「張志明你不要亂摸。」、「不要踩。」、「不要跳。」就是校外教學的優良選項。

開學不久，江老師便發下意見調查表，請我們帶回家與家人商量，選出想要參觀的地點。記得那天放學路上，張志明馬上遊說我們：「拜託不要選茶葉博物館、陶瓷博物館，要選冰棒工廠。」

楊大宏拿出意見表，提醒我們：「這裡還有一個花卉公園可以選。」

白忠雄想了想，投下贊成票：「我家有賣冰冰的花草茶，很搭。」

這幾個選項中，只有花卉公園可能有獨角仙，所以我也想選它。

沒想到，全班意見一致，沒有人想體驗茶葉製作，也都不想吃冰棒，因為張志明說：「夜市的花生雪花冰更美味可口。」最後，本班高票通過的校外教學地點，是市政府管理的花卉公園。

更妙的是，其他班級的統計結果也相同。

老師笑了：「難道你們是因為公園免門票，其他地點需要付費才選的？」

「我根本沒注意到表上有寫費用。」葉佩蓉連忙低下頭看著意見表，「真的耶，選花卉公園的費用最低，只需要交通費與保險費。」

老師又笑著介紹：「我也滿想去賞花的。據說全園共有上百種花卉，最近還有珍貴的蘭花展。」說完，老師緊張的看著張志明，「到時可別亂摸。」

張志明要老師放心：「蘭花又不好摸，我比較喜歡摸石頭。」

「因為你是從石頭縫裡蹦出來的潑猴！」陳玟為張志明加上注解。

「因為摸石頭會帶來好運。」張志明繼續發表：「我還聽說……」

老師卻警告他：「到時候要輕輕摸，不可用尖銳物品偷偷在石頭上刻烏龜。」張志明笑呵呵的說：「不會啦，石頭又不是考卷。」

張志明常在考卷上畫烏龜，據他說也是會帶來好運。可惜這種好運從來沒有在他身上實現。

校外教學那一天，天空晴朗，陳玟戴著大大的草帽，直喊：「好熱！希望公園有冷氣。」

老師招呼大家上遊覽車，綁好安全帶，並回答張志明的詢問：「不必，很快就抵達目的地，你不必為大家講笑話。」

可是我們都很想聽。就連陳玟也說：「校外教學要保持愉快心情，有笑話可聽還不錯。」

於是，張志明很高興的接過車上的麥克風測試：「麥克風試驗，一二三；麥克風試驗，一二三。」然後吸吸鼻子，開始說：「有一隻烏龜……」

「又是烏龜。」李靜很不滿的轉頭看窗外，「啊！那個池塘裡好像真的有烏龜。」

於是大家都跟著轉頭，忙問：「在哪裡？誰有看到？」忘記張志明正在講笑話。江老師不斷叫著：「坐好，不可走動。」一陣騷亂中，公園已經到了。

花卉公園真的挺漂亮的，場地也很大。老師先交代了今日的規定事項，並要求大家在「自由活動」時，必須至少三人一組，不可單獨行動。

我和楊大宏、張志明決定先去看珍貴的蘭花展，因為張志明有經驗：「最珍貴的展覽一定有很多不能。不能這個、不能那個！我們先把無聊的展覽看完，接下來就可以自由的玩。」

楊大宏也根據他的經驗談，點頭同意：「我吃雞腿飯，也是先把最難吃的配菜吃完，最後才吃香酥的炸雞腿。」

我們小心翼翼的在蘭花展場繞一圈，又到有冷氣的花卉苗圃轉轉，然後就去逛熱帶植物區。小百科楊大宏不忘提供他的豐富知識：「這是腎蕨，又名蜈蚣草。」張志明連忙說：「蜈蚣在哪裡？我來講一個蜈蚣的笑話。」

到了寬闊的草坪時，張志明卻發生悲劇了。草坪前方有一座長長的水池，水池邊有幾座動物的石雕。張志明興奮的跑到一尊烏龜石雕旁，想抱著它請楊大宏拍照，不料卻忽然尖叫：「好痛！」

我靠近一看，那座石雕不知被誰敲掉一個角落，露出不規則的破碎邊緣，害張志明踢到，幸好他的鞋子很厚，才沒有被碎石刺傷。

陳玟那一組聽到慘叫，也跑過來譴責：

「是誰這麼沒有公德心！」

葉佩蓉譴責的對象則是公園管理員：

「為什麼沒有好好檢查？趕快修好。」

我們只好放棄這個看起來很好玩、可以玩潑水，但似乎暗藏危機的地方。楊大宏推推眼鏡，還細心的發現：「池水很混濁，池底能見度低，應該有許多病菌。」

李靜說她聽見別班學生傳來一個可靠的消息：公園另一頭有幾個遊樂設施。我們聽了，立刻往公園裡的遊樂區飛奔而

去。張志明邊跑邊嚷嚷：「雲霄飛車，我來了！旋轉木馬，我來了！」

只是令眾人大失所望，所謂的「遊樂設施」，並不是什麼刺激華麗的器材，只有三座固定式的搖搖木馬，以及一座溜滑梯；而且已經排了長長的隊伍。

最令我們覺得失落的，是木馬與滑梯都好破舊，油漆斑駁不說，坐在木馬上還會發出奇怪的聲音。張志明決定自力救濟：「我們來玩鬼抓人，或是一二三木頭人。」

陳玟大嘆：「早知道就去參觀陶瓷博物館，可以做自己的隔熱杯墊。」

楊大宏也跟進：「我現在倒是滿想吃冰棒的。」

不過，我們還是在草地上玩得很盡興，因為張志明一直自願當鬼，還輪流幫鬼取名，訂定遊戲內容。「我是無頭鬼，被我抓到的要把『頭』送給我！」被抓到的，必須真的找出背包裡有什麼「頭」可以送他。

快要集合時，張志明以大豐收的神氣表情，展示他的戰利品，計有：飛機餅乾的飛機頭、香蕉的蒂頭、一個青蛙頭吊飾。陳玟被捉到時，說：「我送你三十秒的不斷搖頭。」

本來歡樂的氣氛，很遺憾的在此時又發生慘劇。隔壁班的同學坐搖搖木馬時，彈簧忽然斷裂，摔下時大腿被鋼圈夾到瘀血，痛得哇哇大哭。

隨行的護士阿姨趕快替他檢查，幸好沒有可怕的傷口，擦藥就好了。

回學校的路上，張志明在車上向老師大吐苦水：「免費的公園，竟然成了謀殺案現場。」

「這說法太誇張了。」老師想了想，倒也認同張志明，「有一個理論，稱為公地悲劇。意思是越屬於大家可以自由使用的地方，大家反而越不會好好維護。到最後，這個原本美好的場所，說不定會悲劇性的成為大家再也不想去的地方。」

楊大宏馬上舉例：「我家附近的公園，常被亂丟垃圾。可是住在那裡的人，明明每戶人家的門口都很乾淨。」

「我打掃學校的圍牆時，常看見水溝被丟進菸蒂、小紙屑；這些人一定不會將菸蒂丟在自己家的水管裡吧。」葉佩蓉一說

完，陳玟馬上高聲痛罵：「公地悲劇啊！以為不是自己家就亂丟，真自私。」

葉佩蓉又說：「公園是由市政府管理的，有負責維護的人。一定是清潔人員太隨便，沒有仔細打掃與維護。」

我有不同想法：「也有可能是一掃完，或修好器具，馬上又被破壞。因為那些使用者覺得反正又不是我家，而且壞了有人會修。」

「今天我沒有亂摸花，也沒有亂丟紙屑，喝完飲料還記得丟進資源回收桶喔。」張志明先生主動聲明，「這都要感謝江老師不眠不休的勸告我。」

陳玟搖頭：「我真想不眠不休的拜託你：不要亂用成語。」

回到家以後，媽媽問校外教學好玩嗎？我忽然想起：在花卉公園玩一整天，竟然忘了找昆蟲，真是悲劇啊！

君偉的機智想法

我媽媽不會在五月到九月間買小小的魩仔魚，這是為了維護海洋永續生態，所以這段期間漁業署禁止漁民捕撈魩仔魚。爸爸說這也是不造成「公地悲劇」的一個方法。張志明則說：「地球人汙染海洋，美人魚快要被人類氣死了，悲劇啊。」

一分鐘讀懂「公地悲劇」

如果有一塊大草原，允許農人帶牛群來此吃草，不必付費也不必盡任何義務，結果便會引來大批農民與牛隻，原來豐盛的牧草很快被吃光，最後導致所有牛隻都沒得吃了，這種現象稱為「公地悲劇」(Tragedy of the commons)。也就是說：越是公眾免費享有的資源，大家越不會珍惜，最後有可能導致資源被濫用，再也沒得用。所以也有人用「公地悲劇」來比喻地球資源快被耗盡。

9 如果你說

Q9

假如你需要請同學幫忙，將一箱書從教室搬到圖書室，你認為哪句話最能成功說服他？

1. 「你是班上力氣最大、又最熱心的人，可以幫我一起搬嗎？」
2. 「喂，再不動會越來越胖，快幫我搬書，運動運動吧！」
3. 「可以請你幫我一起搬書嗎？下次你需要時，換我幫你。」
4. 「老師說你必須幫我搬這箱書到圖書室。」

陳玟和張志明總是三天小吵一次，五天大吵一次，這在本班已經是司空見慣的事。不過，今天發生的事，說出來誰都不會相信。因為，第二節下課時，楊大宏怒氣沖沖的瞪著陳玟，陳玟也毫不讓步的回瞪，接著，兩個人便大吵起來！

更妙的是，在一旁勸架的竟然是張志明。

我連忙拉著白忠雄走過去，這種罕見的吵架場面，我必須親眼目睹，不想錯過。

張志明悄聲向我們報告：「他們為了科學展覽的題目在吵。」

白忠雄不滿的搖頭：「我還以為是為了爭論午餐吃什麼。科學有什麼好吵的？便當裡該裝一個蛋，還是半個蛋，這種大事才值得吵啊。」

我試圖拉著楊大宏往後退，想提醒他「再吵下去，你們會變成敵人」。不料，張志明先我一步，指著陳玟說：「再吵下去，你就沒有敵人了。」

「什麼？」四個人一起轉頭看著張志明，覺得這句話太莫名其妙。

張志明笑了，說：「沒有敵人，就沒辦法打仗。不能打仗，就不能贏。不能贏，就沒有贏的快樂與驕傲感。」

陳玟輕輕的「哼」了一聲，修正張志明的話：「不是驕傲感，是成就感。」說完，真的中斷與楊大宏的吵架，哼著歌往教室外走，說要去操場散心。

我問楊大宏：「你們吵架的主題是什麼？」

白忠雄則問張志明：「你剛才說的那段話是什麼意思？」

張志明搖頭：「我也不知道。」他常常說出連自己也不懂的話，這一點也是本班見怪不怪的事了。

楊大宏推推眼鏡，仍舊滿臉的不服氣：「我們在爭辯地球上的第五次大滅絕，也就是恐龍大滅絕，真正的原因究竟是什麼？」

「這種事，根本沒有正確答案吧！」身為恐龍粉絲的我，雖然知道可能原因是隕石撞擊，但也只是可能。楊大宏有必要跟陳玟吵嗎？

「科學講求事實。」楊大宏氣得喉嚨都沙啞了，「陳玟居然說，第五次大滅絕是因為人類不注重環保。六千六百萬年前，哪來的人類，哪來的環保？」

「陳玟又不是科學家，也沒在看小百科，只讀成語故事，你就饒了她吧。」我好心勸楊大宏。

「夏蟲不可以語冰。」楊大宏沒在怕，也丟下一句成語，就拉著我往辦公室走去。他說事關科學與真理，一定要向江老師告狀。

我真心覺得楊大宏太小題大作了，扭開他的手，說：「下課應該去操場玩。」便拉著張志明與白忠雄去玩鬼捉人。

上課鐘響，老師走進教室後，滿臉笑容的宣布：「這一節國語，我們來上說話課。」她想了想，又說：「精準說法是，口語表達課。」

我看了楊大宏一眼，他也望著我，點點頭。大概是在說：「沒錯，我剛才去向江老師報告陳玟的惡行了。所以老師現在要教陳玟如何好好說話。」

不過，老師卻開始講故事：「三百多年前的法國作家拉封丹，蒐集世界各地的小故事，出版成《拉封丹寓言》。其中有篇故事是〈南風與北風〉，跟《伊索寓言》裡的〈北風與太陽〉情節有些相似。你們想聽這個故事嗎？

張志明說：「就算我們不想聽，老師您還是會講，對吧？」

「狗嘴裡吐不出象牙，就是在形容張志明這種人！」陳玟馬上氣憤的評論。張志明仍然笑著說：「狗嘴裡如果吐出象牙，就變成鬼故事了。」

老師沒生氣，還很高興的說：「現在你們知道會說話，與不會說話的差別了吧？」

張志明指著自己，一副跟老師合作良好的模樣：「我是故意扮演不會說話、討人厭的小孩喔。」

葉佩蓉則演起會說話的乖小孩：「我只聽過〈北風與太陽〉，不知道〈南風與北風〉的寓言。老師您請說。」

原來，故事大意是：南風與北風比賽，看看誰能讓行人主動脫掉外套，誰就贏。北風猛烈的吹，行人縮著脖子，將外套緊緊裹著。換南風輕輕吹時，行人覺得舒服，便脫掉外套。於是南風成了最後的贏家。

楊大宏不太滿意，舉手表達看法：「必須對照當時的氣溫，才能精確證明是什麼因素讓行人脫掉外套。」

「你很煩耶，這是寓言故事，又不是科學展覽。」陳玟忍不住開口罵人：

「夏蟲不可以語冰。你這隻夏天的小蟲，根本不懂什麼是冬天的寒冰。」

張志明立刻有連結：「花生雪花冰凡是吃過的，都說好。」

老師微笑點頭：「楊大宏以科學態度檢驗故事，提供別人另一種多元角度來看事情，挺好的。」她轉頭看著陳玟又說：「寓言當然有它不符合科學事實的敘述，陳玟勇於提出觀點，也挺好。」

「那誰不好？」張志明馬上問。又自問自答：「我懂了，是那個行人不好。為何要在一個南風與北風胡亂吹的日子出門？」

「為何我們要坐在這裡聽張志明胡亂說話？真不幸。」陳玟說完，舉手提醒老師，「這篇寓言，跟口語表達有什麼關係？」

老師解釋：「心理學上有一種主張，名為南風效應，便是取自這篇寓言。」老師又介紹，它的意思是柔能克剛，如果想讓一件事成功，使用蠻力不見得有效，有時候，以溫柔的方式更能達到目的。

「說話也一樣。比如同樣都是希望別人讓出座位給你，柔與剛，哪種方式管用？」老師才說完，張志明馬上雙眼發亮的說：「我來示範。」

老師只好點頭。

張志明走上講臺，對著空椅子說：「喂，你再坐下去，會越坐越胖，這樣就沒人想跟你結婚。快把椅子讓給我坐。」並轉頭告訴我們：「這是北風的做法。」

接著他又模仿女孩模樣，裝出撒嬌的聲音說：「我穿著高

跟鞋，小腿痠得可以擠出檸檬汁了，可以讓我坐一下嗎？」他說這是南風的做法。

在全班笑成一團的吵鬧聲中，陳玟有意見，大叫：「在捷運上如果這樣說，會被檢舉是瘋子。」

老師也笑得掩住嘴，喘口氣才說：「張志明為本班賣命演出，用心良苦。」她也不忘讚美陳玟，「警告同學不可隨意惹怒捷運上的乘客，也是用心良苦。」

根據老師介紹的「南風效應」，如果我們想說服別人同意你的想法，或者遊說對方達成你的目的，最好使用南風手法，溫柔的讓對方自願答應。若是像北風一樣，以強硬姿態要求對方服從，通常會難以成功；就算對方一時被迫同意，也可能會氣在心頭，之後又反悔。

「最簡單的生活運用，就是如何好好說話。」老師以楊大宏與陳玟的爭吵為例，「楊大宏如果像南風一樣，告訴陳玟：你的話很有道理，因為人類不環保的確有可能造成地球第六次大滅絕。不過，第五次大滅絕時，倒楣的是恐龍，竟然被隕石所害，就此從地球上消失。」

這麼長的一段話，身為小孩的我們，應該很難在發脾氣時，還能心平氣和的試圖向對方說明吧。

據說，剛才楊大宏聽完陳玟的話，第一反應便是：「你很無知耶！」

「你很無情耶！」葉佩蓉馬上為陳玟說話。

我也覺得直接罵人無知有點過分。如果是我，我會說：「陳玟你可能記錯了，第五次大

滅絕時，地球上的霸主是恐龍，不是人類。」

老師誇我：「張君偉這說法太機智了！既沒有讓對方尷尬，下不了臺，又以南風一般的溫暖，告訴對方科學事實。」

張志明對這堂「口語表達課」有心得：「我媽媽常說她吃軟不吃硬，原來就是她希望吹南風，不要吹北風。」而且，他終於發現自己有這項專長，「每當我想吃媽媽炸的排骨，就會說她炸得比外面賣的好吃。你們看，我是會說好話的南風。」

「結果你媽媽有趕快笑咪咪的去炸排骨嗎？」我問。

「沒有。」張志明嘆氣，「她只會回答：『少來，別想騙我。』」

老師也笑著補充：「如果想運用南風法則，一來要真誠，別讓對方覺得你是虛情假意，那樣只會更生氣。二來也必須始終如一，總是用這樣的誠意態度對待他人。不能只為達到目的，假裝五秒。」

「我家有賣地瓜粉，可以讓排骨炸起來更好吃。」白忠雄也補充。

我媽常說：「好話一句三冬暖。」可是不管平時腦海裡累積了多少好話，被惹火時還是忍不住會罵人。所以老師要我們練習遇到這種情況，先閉嘴，深呼吸五秒，不急著開口，以免造成無法收拾的後果。但是張志明還有疑問：「萬一還沒數到五秒，那個人就逃走了，怎麼辦？」

一分鐘讀懂「南風效應」

在法國作家拉封丹的《拉封丹寓言》中，〈南風與北風〉這篇的情節與《伊索寓言》裡的〈北風與太陽〉類似，都是在講南風（或太陽）的溫和力量，勝過北風的狂暴。比喻人如果想要達到目的，有時柔才能克剛。正如人與人之間溝通時，讓對方覺得開心、舒服的好話，絕對比命令式、指揮控制式的話來得有效。

10 老師為何而活

Q10

如果可以選擇，你將來想從事什麼樣的工作？

1. 必須依照自己真正的興趣，即使薪水不高也沒關係。
2. 薪水高最重要，有錢才有辦法在下班後滿足興趣。
3. 興趣會變，要找可以做很久的工作才是重點。
4. 跟父母討論，因為他們一定最懂我，也最為我設想。

大受全班歡迎的「作家有約」活動來了！

上星期的作文課，楊大宏曾經說：「有很多作家是窮死的。」沒想到幾天後，老師便預告將會邀請一位童書作家來學校，與四年級的小讀者聊創作。張志明於是有了點子：「我想問那位作家是否很窮，還是有錢到花不完？」

江老師也立刻回應：「如果你想問這種問題，還是別參加這個活動吧。」

張志明眨眨眼睛說：

「我發誓一定不會這樣問，不會丟老師的臉。」

這句話的關鍵字當然就是「不會這樣問」，可想而知會「那樣問」；所以全班都無比興奮的期待「作家有約」，等著看張志明會怎

樣問。

我原本以為作家應該長得像武俠小說中的白面書生一樣，皮膚粉白，一臉斯文，但是這位男作家卻又高又壯，感覺可以上山打老虎。

作家先說了兩個有趣的故事，接著是自由問答時間。張志明把握機會，把手舉得高高的，主持老師走過來，將麥克風交給張志明。

張志明興奮的說：「請問您當作家以後，每天吃的是山珍海味，還是只吃滷肉飯，而且沒有加滷蛋？」

全場都被他的問題逗笑，作家也笑著回答：「非常感謝小朋友關心我的日常生活。我很幸運，目前過著不算窮、也不算

富有的普通生活，已經很滿足了。」

這道問題給了作家靈感，反問我們：「大家認為以下哪個選項比較好？生在窮困家庭，但是很聰明；還是生在富有人家，但是很笨？」

這個問題太有趣了，臺下聽講的學生，馬上交頭接耳討論起來。張志明在我耳邊說：「當然是要生在富有人家，然後砸大錢請醫生開刀，把笨腦子變成聰明腦。」

楊大宏小聲的回話：「笨腦子無法開刀變聰明，目前的醫學做不到。」

「那是目前，以後可能有機會。」張志明不死心，「所以不論如何，我下輩子要投胎生在有錢人家。」

作家邀請幾位學生輪流回答，兩種選項各有支持者，也各有理由。陳玟不落人後，拿到麥克風，充滿自信的說：「我選一，因為儘管很窮，但一定可以夙夜匪懈的努力，用聰明腦改變原有的貧窮困境。」

她的回答被作家大加讚賞，還說：「會使用高級成語，證明平日一定常閱讀，對吧？」

陳玟很滿意的點點頭，坐下時悄聲對我們說：「成語就是力量，成語一句三溫暖。」我糾正她：「應該是好話一句三冬暖。」她卻轉過頭去，不理我。

最後，根據作家的說明，他認為：「不管生在怎樣的環境，只要有心，原來的困境一定可以被改變。我們一生都要問自己：人為何而活？必須為了更好的人生目標，並朝向這個目標好好努力，讓困境得以轉變。」

活動結束回到教室後，江老師誇獎我們聽講時很專心，問與答也都很得體，果然沒有讓四年七班丟臉。

陳玟卻不滿意：「張志明問的問題，十分幼稚。但是念在他有使用山珍海味這個成語，我原諒他。」

張志明自己倒是十分滿意：「這位作家很機智，沒有落入我問題中的陷阱，代表我問得很好。」

雖然我覺得張志明這段話互相矛盾，但是他講話如果不矛盾，就沒有他的特色了。

楊大宏好像憋了很久，終於等到機會可以盡情發表：「剛才作家說，人為何而活？其實這是一篇經典小說的篇名，作者是俄國的大文豪托爾斯泰。他還寫過《戰爭與和平》、《傻子伊凡》等著作。」

說完，他轉頭對張志明說：「托爾斯泰在西元一九一〇年就已經死了。」張志明點點頭：「我本來還想建議學校邀請他來作家有約。」

老師想起以前的閱讀經驗，告訴我們：「學生時代讀完托爾斯泰這篇文章，我也思考很久。人的一生短暫，的確該為崇高目標而活，不要只想著加不加滷蛋。」

「老師，您引用我說過的話耶。」張志明一副被重視的得意模樣，繼續追問：「請問老師，您後來決定為何而活？」

「老師絕對不是為了聽你講廢話而活，夏蟲不可以語冰！」陳玟代替老師作答。

我想起老師曾說過，她從小就愛看驚悚科幻片，也在作文本上，寫著長大之後，要當一流的恐怖片導演。後來為何當了小學老師，有符合她本來的人生設定嗎？

「君偉居然記得我說過的話，我好感動。」老師摸摸我的頭，「不過，後來想想，一旦成為恐怖片導演，就會領悟到電影中的恐怖情節都是假的。這樣一來，我看其他驚悚片還有什麼樂趣？」

聽起來滿有道理的。

老師又說：「人為何而活，雖然定的目標可以崇高一點、偉大一點，但是也不需要偉大到根本做不到。比如……」

「比如我就不會立志將來要當楊大宏。」張志明接話，「但是可以當像江老師一樣的好老師，來救小孩。」

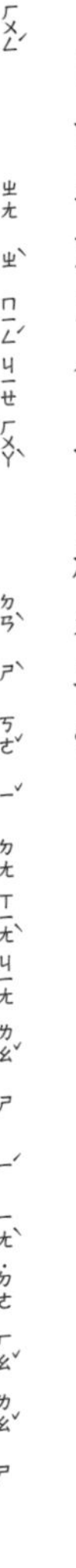

老師笑得好開心：「我很高興成為張志明的榜樣。」她又說：「雖然小學老師應該不算什麼偉大行業，但是能教到你們，我認為我的人生很值得。」

葉佩蓉被老師的話感動了，向老師表白：「我們被您教到，

才值得呢。」

張志明卻大聲說：「不值得！」

楊大宏推推眼鏡，難得的大聲說：「不可以侮辱老師。」

「哎，我只是在說反話啦！」張志明很委屈的解釋：「我阿嬤說，不可以在小孩面前誇獎他，會變不乖，這是臺灣古早的習俗。」

我忍不住提醒：「老師不是小孩，而且這種習俗沒有科學依據。」

不但如此，媽媽還三不五時的為了一點小事誇獎我，因為她說：「好話一句三冬暖。」如果常對孩子說好話，他就會越來越好。

我的這番話，老師不僅點頭同意，還補充：「心理學有種理論，叫做不值得定律。如果一件事你認為不值得做，便會漫不經心的隨便做做，於是最後的成果一定很差。事後還抱怨：『這件事果然不值得做啊。』」

相反的，如果你認為值得做，便會全力以赴，用心進行，而且通常會帶來好的成效。所以「不值得定律」也可以想成是一種「值得定律」。

「在君偉的媽媽心中，讚美孩子、欣賞君偉的種種好表現，是一件很值得做的事情，所以張媽媽願意常常這樣做。可見張媽媽運用的是值得定律。」

聽完老師的說明，張志明

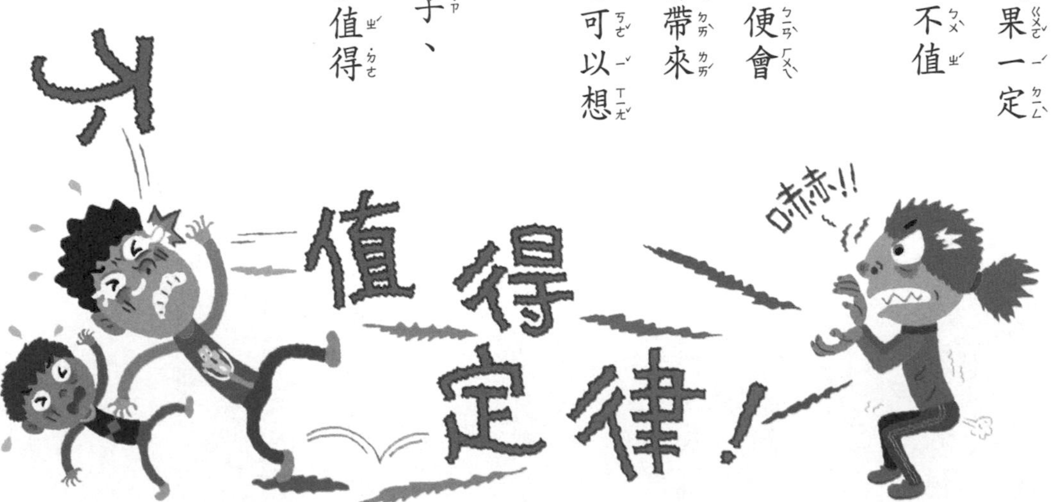

感嘆：「可見陳玟對我運用的是不值得定律。」

陳玟瞪張志明一眼，抗議：「我一天只有糾正你三次，但是忍十次，已經窮盡我畢生的精力了。」

楊大宏很科學的點出：「我們才十歲，『畢生』這兩個字很不科學。」

我舉手發問：「不值得定律也能用在同學之間，對嗎？」

「當然。這個定律可以應用在與任何人相處，也可以用在自己的做事態度上。」老師舉例，「我認為教你們很值得，就會盡責當個好老師。陳玟認為值得對張志明說好話，多說幾次，時間一久，就會真的讓張志明產生改變。」

張志明有意見：「一久是多久？」

陳玟雙手交叉，放在胸前，緊閉著嘴沒說話；張志明只好也閉上嘴不再追問。江老師說：「看來，你們今天都有一點點進步喔。」

「作家提醒我們，要想想人為何而活；我提醒你們，人要為值得的事，好好付出。我覺得這次的作家有約，收穫真多。」

老師打開課本，準備上課。

「老師，您還沒回答，您到底為何而活？」張志明仍然好奇的想追根究柢。

「我啊……」老師停下來，望著窗外，「我為許多美好小事而活。早晨起床，想到這一天可以跟你們相處，就快樂十秒。在路上連續遇到三次綠燈，又快樂十秒。走進教室，發現張志明有交作業，整個上午都快樂似神仙。」

張志明臉紅了，小聲說：「不要在我面前誇獎我啦。」還說：「老師心裡有我，我很欣慰。」

「老師不是在誇獎你，是在運用值得定律！」陳玟咬著牙，小聲說。

老師笑了：「在我心中，你們各有優、缺點；張志明自然也有他的優點，我願意真心誇獎他。我們不妨都來練習把自己的優點放大，並想想如何改進缺點，就為這個目標而活吧。」

「可是我如果把優點放大，就會大到教室爆炸耶。」張志明笑咪咪的接話。

「我們家有賣安全氣囊，爆炸時會自動打開保護你。」白忠雄終於等到適合他的話題。

陳玟搖頭加嘆氣：「老師，您真的覺得教我們很值得嗎？」

張志明下定決心要運用「值得定律」好好寫作業，於是請我幫他列出「值得寫作業的十個理由」。我本來想認真的在紙上一一列出，但是楊大宏說：「你認為值得的理由，也許在張志明心中，卻不值得。」張志明的結論是：「值得兩個字說很多遍以後，聽起來會很像：吃的。」

一分鐘讀懂「不值得定律」

如果一開始就認定某件事不值得做，必定會懶散敷衍，效果也必定不好，於是我們便會認為：這麼差的事，果然不值得做啊！若換個心態，好好做，成果就會不同。跟這個定律有點相似的，還有「比馬龍效應（Pygmalion Effect）」，先假設對方為值得善加對待的好人，並不時誇讚和給予幫助，對方最後便很有機會成為原本設想中的好人。

附錄1 當君偉變身為童話
——君偉的迷宮小學

開學的第一天，沒事，第二天，沒事；怪事是發生在四年級開學的第三天，也就是九月一日。

早上七點三十分，君偉一如往常，跟好朋友張志明一起上學，兩人邊走邊聊，聊得太開心了，竟沒發現走到一條地上寫著「開始」的路口。

學校怎麼不見了？

兩人東張西望，看見路邊樹上坐著一隻巨大毛毛蟲，身上掛著菸斗，與一塊牌子：「戒菸第一天。」抽菸的毛毛蟲？難道他們來到《愛麗絲漫遊奇境》裡的奇境？如果是這樣，接下來應該還會遇見微笑的貓與度度鳥。

張志明決定：「不如我們今天就走這條路。」君偉也同意，因為如果遇見大家都說已經滅絕的度度鳥，他準備拍照，寫篇嚇死全世界的驚奇報告，說不定能賺到五百元，可以買他思思念念的巨無霸獨角仙。

誰知道走沒幾步路，眼前就出現一隻巨大獨角仙，大吼：

「你們兩個上學又遲到了，罰站！」

張志明也大吼：「我們是人類小孩，不讀昆蟲小學。」

獨角仙又吼：「原來你們想蹺課？」凶巴巴的獨角仙靠近

張志明，忽然又大叫：「等等，你們沒有翅膀，我的兩萬隻眼睛都看得很清楚。沒有翅膀的動物，滾！」

君偉拉著張志明快快離開，拍拍胸口：「沒想到世界上有脾氣這麼大的昆蟲。」

「而且還看不起沒有翅膀的人。」張志明嘆了一口氣，「如果我有翅膀，每天從床上飛到教室座位上，便不會遲到。」

不過，他又補充：「如果我真的有翅膀，我應該不會飛到教室，而是……」

「童話小學。」一個長得像仙女一樣的仙女，拍動著翅膀，停在他們眼前，接話了：「本校已有千年歷史，你們是第一對遲到的學生，可憐的孩子。」

君偉連忙解釋：「其實我們是迷路了，找不到學校。」

仙女姐姐笑了：「迷路是個好理由。不過，我得先問幾個問題，確認你們是不是本校的學生。」

第一題：一加一等於多少？

君偉立刻答：「二。」

仙女姐姐搖頭：「錯，正確答案是三。童話裡的媽媽們，生完一個，又生一個，必須再生第三個才行。你們忘了學長三隻小豬與灰姑娘的故事嗎？」

第二題：為什麼要上學？

這一題張志明搶答：「對啊，為什麼要上學？應該要下學才對。」

仙女姐姐又搖頭了：「錯，正確答案是：不要回答。」

「為什麼？」兩個人一起大聲問。

仙女姐姐解釋：「因為如果你有答案，表示你不需要這個問題。」

「聽不懂。」兩個人又一起大聲說。

第三題：童話小學的校規是什麼？

這次兩個人學乖了，緊閉著嘴巴不回答。

仙女姐姐等了三秒鐘，不耐煩的揮揮手：「答不出來，滾。」

「沒有耐性！」、「至少要等五秒。」、「身為仙女，說出滾這個字，超沒氣質。」、「我們才不想讀童話小學哩，竟然還有校規。」兩個人說完無數的抱怨，垂頭喪氣的繼續往前。

來到雙岔路口，咦，向左走，還是向右走？

張志明建議：「拿出手機搜尋一下。」

可惜，這裡沒有網路，手機上一點訊號都沒有。

「這樣好了，我們來猜拳，由贏的人選邊。」

但是，要猜哪一種拳呢？剪刀石頭布、超人拳，還是北斗神拳？

有個聲音從右邊的岔路傳過來：「想讀好運小學的人請走右邊。」

另有一個聲音從左邊的岔路傳過來：「想讀惡運小學的人

請走左邊。」

「喂！請說清楚，好運小學與惡運小學有什麼不同？」看來，張志明的頭腦很清楚嘛。

右邊的路說了：「好運小學就是上學時是好運，但放學時是惡運。」

猜也猜得到，左邊的答案是：「惡運小學就是上學時是惡運，但放學時是好運。」

於是，兩個人在路口討論：「先好運再惡運，先惡運再好運，哪個比較好？」

張志明說：「為何不能從頭到尾都是好運？」

君偉也說：「說不定好運就是惡運，惡運其實是好運？」

兩個人大大的嘆氣：「為何要欺負小孩？我們只不過是想上學，享受下課十分鐘的快樂啊。」

張志明說：「人生好難。」

可是，還是得選一個方向走啊，難不成要停在原地？

「對了，我們可以回頭走看看。」君偉覺得張志明這個意見不錯。從一早出門到現在，兩個人迷了這麼久的路，連肚子都餓了。

肚子餓的時候，該怎麼辦？張志明說：「我們來想想美味可口的食物。」

「沒錯，如果班長陳玫在，她會說，這叫望梅止渴、畫餅充飢。用想像力戰勝飢餓感。」君偉說完，忍不住又懷疑，「想像力真的會讓人從很餓變得不餓嗎？還是越想越餓？」

不管了，兩個人開始玩起「飢餓遊戲」。張志明還想起：

「九月有中秋節耶，我們來試試能想出幾種月餅的口味。」

兔子味、嫦娥味、吳剛味、阿姆斯壯味、隕石味……咦，月餅有這些口味嗎？

沒關係，這是童話啊。

（本文為作者王淑芬於二〇二一年九歌年度童話獎得獎作品。）

附錄2

寫下你的機智生活

讀完《君偉的機智生活》，試著寫出自己的機智想法吧。

1. 你滿意自己的長相嗎？如果不滿意，你想試著改變嗎？
2. 你和同學曾因為什麼事情吵架？後來又是怎麼解決的？
3. 楊大宏說：「就算有十萬個人同意某一件事，也不代表這件事是正確的。」你認同他的說法嗎？為什麼？
4. 如果要運用「南風」的溫柔說法，你會怎麼說服張志明心甘情願的交作業？

作者後記

這是「君偉上小學」系列的第十集，也是完結篇，我決定以小學生活的各種可能問題為主軸，來寫出君偉與同學們的有趣日常。但是我不打算提供標準答案，只想引發大家思考。老實說，成長的各種難題，因人而異，本來就不會有統一的標準解答啊。

在每篇故事中，我附帶介紹一則心理學或社會學、認知理論等相關知識。除了增加讀故事也長見識的機會，最重要的，也想藉此告訴大家：許多成長的困難，早就被學者專家歸納成某種理論，說明每個人都會這樣！會有共同的心理障礙，或自己沒發現的盲點。所以不必對這些難題過於緊張，以輕鬆的心情，並且尋求有用的支援，通常可以平安度過，然後，就長大了。

不論哪種成長煩惱，最重要的還是要有支持與包容你的大人或朋友，想想看，自己有沒有？或許，也可以自己先成為那個受人信任的人。

創作君偉的故事，讓我好像也永遠在小學讀書，沒有畢業，一直是個對世界充滿想像力的小孩。我很開心是這樣的童心作者，更高興有忠實的讀者，從小閱讀君偉的故事，長大後，繼續把這系列的書，推介給新一代的孩子。

小學階段是人生中最可愛、最無憂無慮的階段，也許有一點點小煩惱，但是別擔心，就學張志明吧，把這些煩惱編成笑話，說給別人聽。或是學張君偉，心裡有事，去向信任的媽媽訴說，因為知道媽媽會全心幫他。

或是，像我一樣，把這些事寫下來；寫出屬於你自己的「一年級鮮事多」、「三年級花樣多」、「我的煩惱報告」、「我的機智生活」等。寫作是一件有多元收穫的事，但願讀完君偉的小學生活，也能激發你寫自己故事的動機，為自己而寫吧！

作繪者介紹

王淑芬

童書作家、手工書達人、閱讀推廣名師。曾任小學主任、美勞教師、公共電視與大愛電視臺文學節目顧問與主持。著有校園故事《君偉上小學》系列、兒童哲學童話《貓巧可》系列、《狐狸一族心探險》系列、科普童書《怪咖教室》系列、《少年小說怎麼讀》，以及手工書系列《一張紙做一本書》等童書與教學用書六十餘冊。喜愛各種冷知識及其背後的故事，認為閱讀時，除了開卷有趣，最好還能吸收各種怪奇智慧，這樣「生而為人，才沒有白活」。因此創作時也期許自己能寫出既有趣、又能刺激思考的好故事——貓巧可搖尾巴說這樣才對。

賴馬

繪本作家，育有二女一子，創作靈感皆來自生活感受。創作近三十年，繪本作品共有十六本。作品亦被翻譯、發行多國語言，目前圖像授權及發展多樣周邊商品，故事也改編成音樂劇、舞臺劇等演出形式。

編寫故事首重創意，講究邏輯。擅長圖像語言，形象幽默可愛，構圖嚴謹巧妙，並處處暗藏巧思，是其繪本特色。多年來深受孩子和家長喜愛，每部作品都成為親子共讀的經典。獲獎無數，如圖書最高榮譽兒童及少年圖書金鼎獎等，更曾榮登華人百大暢銷作家第一名，是首位獲此殊榮的本土兒童圖畫書創作者。

主要作品有：圖畫書《我變成一隻噴火龍了！》、《帕拉帕拉山的妖怪》、《早起的一天》、《我家附近的流浪狗》、《慌張先生》、《胖先生和高大個》（與楊麗玲合著）、《金太陽銀太陽》、《十二生肖的故事》、《猜一猜我是誰？》、《愛哭公主》（與賴曉妍合著）、《生氣王子》、《勇敢小火車》（與賴曉妍合著）、《朱瑞福的游泳課》（與賴曉妍合著）、《最棒的禮物》、《我們班的新同學　斑傑明．馬利》、《一樣不一樣　斑傑明．馬利的找找遊戲書》，以及《君偉上小學》系列插圖。

君偉的機智生活

君偉上小學10

作者｜王淑芬
繪者｜賴馬
責任編輯｜江乃欣
封面、版型設計｜林家蓁
電腦排版｜中原造像股份有限公司
行銷企劃｜林思妤

天下雜誌群創辦人｜殷允芃
董事長兼執行長｜何琦瑜
媒體暨產品事業群
總經理｜游玉雪　副總經理｜林彥傑
總編輯｜林欣靜
行銷總監｜林育菁
副總監｜李幼婷
版權主任｜何晨瑋、黃微真

出版者｜親子天下股份有限公司
地址｜台北市104建國北路一段96號4樓
電話｜（02）2509-2800　傳真｜（02）2509-2462
網址｜www.parenting.com.tw
讀者服務專線｜（02）2662-0332　週一～週五：09:00~17:30
讀者服務傳真｜（02）2662-6048
客服信箱｜parenting@cw.com.tw
製版印刷｜中原造像股份有限公司
法律顧問｜台英國際商務法律事務所・羅明通 律師
總經銷｜大和圖書有限公司　電話｜（02）8990-2588

出版日期｜2023年3月第一版第一次印行
2024年8月第一版第五次印行

定價｜360元
書號｜BKKC0050P
ISBN｜978-626-305-404-2（平裝）

訂購服務｜
親子天下 Shopping｜shopping.parenting.com.tw
海外・大量訂購｜parenting@cw.com.tw
書香花園｜台北市建國北路二段6巷11號　電話｜（02）2506-1635
劃撥帳號｜50331356 親子天下股份有限公司

國家圖書館出版品預行編目（CIP）資料

君偉的機智生活／王淑芬文；賴馬圖. -- 第一版.
-- 臺北市：親子天下股份有限公司，2023.03
172面；19X19.5公分. --（君偉上小學；10）
注音版
ISBN 978-626-305-404-2（平裝）
863.596　　111021809

立即購買 >